Elisabeth Gelin

La passagère du side-car

Roman

LE LYS BLEU
ÉDITIONS

ISBN : 979-10-377-3978-0

L'enfance est le sol sur lequel nous marcherons toute notre vie.

Lya Luft

Vivre ce n'est pas attendre que l'orage passe mais c'est apprendre à danser sous la pluie.

Sénèque

Préface
Elisabeth Gelin ou le roman fertile

Ma préface ne sera pas longue. D'abord, la longueur d'une préface n'est en aucun cas proportionnelle à la qualité du livre qu'elle évoque, ensuite, un texte est toujours plus éloquent que tout ce que l'on prétendra en dire. Cela étant dit, la première fois que j'eus ce projet de mon amie Elisabeth Gelin sous les yeux, encore à l'état de manuscrit, une chose s'imposa sans attendre : il y avait là un roman, un vrai, un style, un vrai ; une odyssée intérieure, à la fois ourlée, pensée, longuement ruminée dans des forges intimes ; une plongée en apnée dans les méandres d'un esprit complexe, habité, tourmenté. L'objet, aux résonances profondes, semblait insaisissable, singulier, unique, en dehors des sentiers balisés, qualité s'il en est dans ce monde dangereusement grégaire où prévaut, comme le disaient Deleuze et Guattari « l'équivaloir généralisé »…

« Au seuil de l'éveil, dans ce moment cotonneux où la lisière entre le temps et l'espace n'est pas encore définie, les couches profondes de l'inconscient enfoui surgissent, éphémères, volatiles, qui ne se laissent pas aisément capturer. Les deuils obscurs, latents, inavoués, secrets, jaillissent comme des fontaines. » Si trop souvent la littérature prend l'eau, dans ce roman, elle jaillit des fontaines, comme pour mieux en irriguer les pages, tel « un ruisseau chantant sur la pierre chaude ». Devant tant de luxuriance dans le détail, dans les souvenirs d'une nature souveraine que l'auteur décrit à merveille, on a l'impression de lire un roman fertile… D'emblée, le ton est donné. Ce texte a quelque chose de baptismal. Il a souvent la couleur d'une aube, des lisières de l'enfance, de ce moment inaugural où la vie se déploie, lentement, dans la ferveur d'un regard d'enfant. Ce n'est pas un hasard si tout commence en Afrique – cette aube du monde –, à Madagascar, plus précisément, où Elisabeth est née :

« Quand j'étais petite, j'habitais en Afrique, sur une grande île. Mon espace se limitait à la maison basse de terre ocre aux volets bleu vif, à la fontaine de céramique dans la cour carrée, au bananier protecteur, aux bougainvilliers roses et jaunes entrelacés et à la barrière verte devant la sente qui dégringolait de la colline du palais de la reine. » Ce n'est pas un hasard non plus si, à ces grands espaces où la liberté règne, succède un espace clos où la narratrice va vivre une réclusion forcée. La privation de liberté n'est-elle pas la pire chose que puisse vivre un être, pire que la mort, peut-être ?

La grande tentation d'une mauvaise préface serait de raconter le livre qu'elle précède, aussi, je m'en garderai bien. Je ne donnerai pas de détail sur ce monde clos, sur cette geôle mystérieuse, succédant douloureusement au monde ouvert, où la narratrice est retenue malgré elle. Les détails, foisonnants, viendront à la lecture tant Elisabeth Gelin a conçu un livre-piège dont on ne sort que lentement, en tout cas pas indemne. Entendons-nous bien : un livre-piège nourri de ces précieux états que sont pour le lecteur, l'inquiétude, la peur, l'empathie, la compassion ou la volupté. Volupté des corps qu'une écriture particulièrement sensuelle habille de mots choisis. La mémoire, celles des voluptés enfuies, même prise dans des brumes indécises, n'est-elle pas elle aussi un monde infini ? Car c'est là que se noue le cœur d'une intrigue menée avec autorité dont nous aurons finalement la clé.

Dans notre monde si prompt aux assignations à résidence, il convient de ranger un livre dans une catégorie où il ne détonnera pas trop. *La passagère du side-car* échappe largement à ces réductions jivaresques, mais « Thriller psychologique… » est peut-être la meilleure façon de le définir. Du thriller, il a la tension nerveuse, la construction labyrinthique, le climat oppressant, la douleur, le suspense qui ne cessera qu'à la fin. Du roman psychologique, il a les tourments intérieurs, les questions obsédantes, les flux et reflux du souvenir, dans ce champ clos où conscience et inconscient règlent leurs comptes. Enfin, le plus sûr dans cette histoire pourtant fort bien ficelée, c'est encore et toujours le style. Cette manière personnelle qu'a l'auteur, par petites touches impressionnistes de nous faire partager au plus vrai, au plus intime, les sensations, les pulsions de son héroïne, et les pulsations de son monde. Ce n'est pas donné à toutes les plumes.

Enfin, J'aimerais un homme qui m'appelle pour rien, pour me demander : « tu vas bien ? » Un homme pour me dire : « je pense à toi, tu me manques. » Un homme intensément présent. », dit la narratrice à la fin du livre. Et si ce roman, au-delà de ses tours et de ses détours, dans lesquels on se laisse prendre, était aussi, et peut-être surtout, un beau roman d'amour ?

Patrick Tudoret

Patrick Tudoret est l'auteur d'une vingtaine d'ouvrages publiés aux Éditions de La Table Ronde (groupe Gallimard), chez Grasset, Tallandier ou aux Belles Lettres. Ses pièces de théâtre ont été jouées à Paris, en province, et au Festival d'Avignon. Il a obtenu un certain nombre de prix, dont le Grand Prix de la Critique Littéraire ou le Prix Brantôme de la biographie historique.

Camille a réussi à déplier ses poumons, l'air s'est engouffré, elle a crié, elle se sent tellement vivante. Un soleil immense l'habite tout entière, l'envahit comme un occupant généreux, c'est bon, c'est chaud, cette capacité de vie c'est la sienne, elle va s'y ressourcer et s'y abreuver toute son existence. Elle ne se doute pas qu'elle va devoir apprendre à connaître et maîtriser cette force toute neuve, à l'apprivoiser pour renverser les obstacles. Pour l'heure, elle s'étire, se déploie, dans une bulle d'aise et de Bien-être.

Camille embrasse la vie. Des masques défilent, c'est un curieux ballet dénué de sens, des voiles blancs se gonflent telle la voilure d'un bateau sous le vent du large, mais elle ne sent pas cette brise, ses sens sont anesthésiés.

Désir de goûter une peau contre la sienne, de humer son odeur, sa douceur, de la sentir contre sa joue, contre son oreille que l'on dit fine et bien dessinée.

Par moment, elle se sent soulevée, happée, comme un paquet de linge, au milieu de chuchotements sans chaleur. Elle se replie sur son monde intérieur. Elle vomit.

Vomit tout ce néant, ses peurs, ce noir, son trop-plein de tendresse, sa naissance. Elle vomit tout en bloc et n'arrête pas de trembler de peur, comme aujourd'hui.

1

Au seuil de l'éveil, dans ce moment cotonneux où la lisière entre le temps et l'espace n'est pas encore définie, les couches profondes de l'inconscient enfoui, surgissent, éphémères, volatiles, qui ne se laissent pas aisément capturer. Les deuils obscurs, latents, inavoués, secrets, jaillissent comme des fontaines. Des masques, une multitude de masques, ils m'encerclent, m'étouffent, je veux les éloigner, des rideaux de mousseline blanche dansent, m'enveloppent, m'isolent, je les écarte.

Sur un cri, je m'éveille, frissonnante, dans la pénombre d'une cellule, repliée dans un coin, avec des rais de lumière qui dansent sur le sol. Silence oppressant, surface froide, odeur indéfinissable de renfermé, gorge sèche. Il fait sombre. Je n'arrive pas à accommoder, tout est flou. Mon corps se rappelle à moi, sens après sens, je peine à lever la main pour toucher mon visage. Des mots résonnent dans ma tête : « je ne veux plus entendre parler de toi, je veux te rayer de ma vie ». Il aurait… Ce n'est pas possible, je ne peux y croire. Et pourtant… dans le passé… l'inacceptable s'est déjà produit. Chasser cette pensée.

Je réussis à redresser le buste et enserre mes genoux avec force, mes jointures blanchissent sous l'effort, je tremble. Terrifiée, je prends conscience d'être prisonnière de quatre murs dans un lieu inconnu. Je suis reléguée, renvoyée, chassée du jeu de la vie. Je n'existe plus.

Une araignée, dans un coin, tisse sa toile. Compassion et gratitude m'envahissent pour cet arthropode qui me tient compagnie. Comment peut-elle survivre ? Il n'y a rien qu'un sol nu, des murs nus. Mon regard est aspiré par un mince rayon de lumière, je plisse les yeux… Là-haut, une ouverture avec des barreaux. Un jour ou l'autre, un moucheron viendra s'égarer près de la toile pour récompenser l'arachnide de sa patience et la régaler d'un festin de plusieurs jours.

L'araignée grossit, devient toute velue, elle est énorme, se rapproche, les poils de ses pattes dressés comme des lances, les chélicères en attaque, je suis le moucheron qu'elle guette. Ses yeux rouges malveillants, fendus d'une barre noire me fixent, m'hypnotisent, je suis prise dans ses filets, plus je me débats plus la toile se resserre. Ma répugnance infantile pour les aranéides se mue en terreur. Tétanisée, je pousse un cri d'effroi, maman n'est plus là pour faire barrière, je sens déjà son estomac se coller à moi telle une ventouse, elle va m'aspirer de l'intérieur, me vider de tous mes organes et me laisser exsangue, enveloppe vide sur la terre battue. Je replie mes jambes en défense contre moi pour la repousser de toutes mes forces, je m'attends à ce qu'elle gravisse mes chaussures mais elle recule lentement, sans me quitter des yeux, puis grimpe sur le mur, rétrécit, devient un point filant et disparaît dans une fissure invisible. Plus rien.

Va-t-elle revenir et me surprendre dans mon sommeil ?

Où suis-je ? Qui m'a enfermée ?

2

Me voilà plongée dans l'attente. De qui ? De quoi ? L'attente, c'est déjà terrible en soi : l'attente d'un regard, d'un sourire, d'un mot gentil, d'une lettre, d'un message, d'une voix. L'horrible attente, la terrible, l'affreuse, la cruelle, l'effrayante, l'hideuse, épouvantail sinistre. C'est ma vie. L'attente, toujours l'attente. Aujourd'hui, elle est sans visage, informe, indicible.

Que me réserve cet exil ?

Je me revois petite, toute petite, entourée de masques. J'ouvrais tout grand les yeux mais ne voyais rien que des trous sombres. Ces masques blancs penchés sur mon berceau qui me protégeaient étaient autant de boucliers qui me renforçaient dans mon isolement. J'entendais des voix assourdies, voulais tendre mes bras vers elles, sentir la chaleur de leur souffle, mais ne pouvais les atteindre. Impuissante, j'attendais et jouais avec la danse des tulles blancs dans la lumière qui éclaboussait mon lit.

Ici, il n'y a que du gris. Peut-être pourrais-je jouer avec les rais de clarté qui se sont égarés jusqu'à moi ? Je ferme les yeux, sens la lumière à travers mes paupières closes, respire profondément, régresse, laisse les sensations me pénétrer. Je suis bien au chaud dans un cocon douillet et soudain me voilà propulsée dans un boyau obscur, cerclé de rouge, je ressens la peur panique de ma mère.

J'ai failli repartir parmi les ombres et tout autour de moi le silence s'est densifié. J'ai appris à vivre avec ce silence, ce manque de tendresse, ce manque de mots, de chaleur, de peau, ce manque de tout. Je me suis fermée, murée, comme aujourd'hui.

Est-ce cela que je suis en train de revivre ?

3

Je presse ma joue sur le mur, juste là où passe la lumière, une imperceptible chaleur s'en dégage, celle de la peau de ma nourrice contre mon corps d'enfant. Portée dans le dos de ma Nénène, à la mode africaine, les chants vibrent tout le long de mon dos, je ferme les yeux, heureuse. Mes petits pieds ballottent à la cadence des reins qui se courbent et se redressent. Des couleurs vives m'assaillent, des bleus, des jaunes, des ocres. Le bruit de l'eau qui court s'imprègne dans tout mon corps et me fait vibrer de plaisir. Je suçote mon doigt, me délecte.

Soudain, le contact d'un métal froid. Je détourne la tête, une voix me gronde. Qu'on me laisse en paix, je n'ai pas faim, il me suffit de boire la vie. Je pleure et bientôt me retrouve seule avec mon chagrin si lourd. Cela recommence, indéfiniment.

Portion de souvenirs coupés, tronqués.

Une voix douce me parle, un regard aimant me couve, la nourriture glisse cuillère après cuillère, j'avale docilement. Le goût sur ma langue, c'est doux, rafraîchissant, réconfortant comme Bilou, mon nouvel ami, un ours brun qui me console, partage mes joies et mes peines profondes. Je le serre fortement contre moi, caresse sa fourrure, sens son velouté sous ma main.

Tante Clara me murmure des mots tendres tout contre mon oreille, joue avec mes menottes, me chatouille le ventre, et soudain, me soulève dans les airs… J'ai l'impression de voler.

Avec tante Clara, j'existe. Je me noie dans cette volupté.

4

Juste à cet instant, alors que je retrouve la sensation moelleuse de la toison de Bilou sous mes doigts et la quiétude de la voix chuchotée de tante Clara, apparaît de nulle part un minuscule mulot qui me fixe de ses yeux noirs. Stupéfaite, je regarde ce tout petit être. J'imagine le toucher soyeux de son poil, puis en un éclair la vision disparaît. Que se passe-t-il ? Quel est donc cet endroit où les choses apparaissent et disparaissent ? Tout paraît si étrange. Je voudrais me redresser, mes membres engourdis et tremblants ne répondent pas, je réussis péniblement à m'appuyer au mur.

Où donc a disparu ce mulot ? L'image du « Kiki » de mon enfance surgit dans mon cerveau embrumé et se superpose au mulot de la cellule. Je l'avais trouvé dans la cour de notre maison de campagne, je revois son corps tout petit pour une queue démesurée. Je l'avais mis dans une boîte et l'abreuvais de lait chaque jour. Un matin, je l'ai retrouvé couché sur le dos, tout raide, le ventre rond et distendu, sa longue queue toute droite. Je m'étais sentie coupable. Maman m'avait dit de ne pas trop le nourrir. Kiki est mort d'avoir trop mangé.

Moi aussi je meurs d'indigestion, de l'indigestion de ma vie. Est-ce pour cela que ce mulot réapparaît dans mon délire ?

5

Je ferme les poings et tape sur ce mur dur qui me refuse la vie. Mes jointures saignent. J'appelle désespérément. Mes genoux plient, je glisse, me retrouve à terre. Qui peut m'entendre ? Ma voix revient en écho entre les murs, puis c'est le silence qui retombe comme un grand voile. Je fournis un effort désespéré pour retrouver ma raison et considérer ma situation. Que s'est-il passé ? Je suis prisonnière dans ce réduit. Pourquoi ? On ne séquestre pas quelqu'un sans mobile. Une rançon ? Un trafic sexuel ou d'organes ? Ma tête bourdonne d'interrogations. Tout cela paraît absurde, je ne suis pas assez riche ni suffisamment jeune.

Si mon geôlier apparaît, je dois rester calme et le faire parler. Il est mon seul lien avec l'extérieur, il faut que je sache où je suis. J'avais rendez-vous avec une cliente, elle va m'attendre, je lui avais promis de lui présenter des tissus pour sa chambre et de trouver ce vieux tandem pour son jardin. Comment la prévenir ? Comment va-t-elle faire sans mon aide ? C'était urgent, tout devait être prêt pour sa soirée d'inauguration de vendredi. Mais que puis-je faire ? Je ne sais même pas quel jour nous sommes. Comme un animal blessé, je lèche le sang qui coule de mes articulations meurtries. Pourquoi je ne me souviens de rien ? Ce trou noir, c'est terrifiant ! C'est un peu comme lorsque je prends des somnifères, je me réveille totalement hébétée et j'ai du mal à reprendre pied avec la réalité, mon esprit vacille et se perd.

Je transpire, mes dents s'entrechoquent sans pouvoir s'arrêter, la peur m'étreint. Surtout ne pas donner prise à la panique qui me laboure les côtes, me ronge de l'intérieur. Mon corps est une tanière secouée par une tempête invisible qui souffle le chaud et le froid, il abrite un dragon, mon dragon intérieur, je tremble sous ses assauts. Sa gueule de feu est plantée dans un désert glacé, ses écailles se déploient, il va m'engloutir ! Je hurle. Un cri primal, libératoire, qui vient du plus profond de mon être, déchire le silence, m'assourdit. Qui a crié ? La bête que j'abrite ? Comment ne pas l'entendre ? Ne pas basculer dans la démence, m'accrocher aux branches de mes souvenirs.

6

Quand j'étais petite, j'habitais en Afrique, sur une grande île. Mon espace se limitait à la maison basse de terre ocre aux volets bleu vif, à la fontaine de céramique dans la cour carrée, au bananier protecteur, aux bougainvilliers roses et jaunes entrelacés et à la barrière verte devant la sente qui dégringolait de la colline du palais de la reine. Derrière la maison, il y avait ce ruisseau qui chantait nuit et jour sur les pierres plates, de petits oiseaux venaient s'y abreuver et piailler à qui mieux mieux. Il y avait aussi une grosse corneille qui régulièrement survolait la maison, se perchait sur les arbres alentour et n'arrêtait pas de croasser. C'était un vrai concert avec les poules et le coq du voisin. J'aimais les entendre vivre, c'était mon petit monde.

Timothée, lui, avait un lapin qui courait partout dans la maison, ses pattes menues résonnaient curieusement sur le carrelage. Je l'aimais bien, mais n'arrivais pas à le suivre. D'une grande vivacité, il détalait le long des carreaux à toute vitesse. Quand personne ne nous regardait, Timothée l'attrapait prestement, je pouvais m'approcher, portais sa fourrure tressaillante contre ma bouche et l'embrassais pour le rassurer. Je sentais cette vie palpiter sous mes caresses, j'adorais, je devenais lapine à mon tour.

Timothée, c'est mon frère, c'est un grand. Je ne le vois pas souvent. Il est aussi blond que je suis brune, tout bouclé alors que mon cheveu est raide. C'est un garçon silencieux qui lit beaucoup, souvent plongé dans ses collections d'images. Moi, je suis tout le contraire, « un tronc de l'air » dit maman, j'ai besoin de bouger tout le temps, je trouve fatigant de rester immobile. De temps à autre, je lui fonçais dessus, voulais rouler avec lui par terre, le chatouiller, rire de contentement, mais lui se tenait à distance. Même quand je le frappais de mes poings pour qu'il réagisse, il me regardait, imperturbable, il attendait que ça s'arrête. J'ai cessé de l'ennuyer, je me suis mise à jouer toute seule dans mon coin et lui dans le sien, à ses jeux à lui. J'ai appris à réfréner mes élans. Je le regardais, envieuse, mais feignais l'indifférence.

J'ai réussi peu à peu à afficher le visage impassible, sans émotion, d'une petite fille sage aux nattes brunes serrées, bien en harmonie avec les règles sociales qu'on m'inculquait inlassablement, chaque jour. J'ai muselé mon soleil intérieur.

Rentrer dans un moule neutre et m'y fondre.

7

Mes parents s'absentaient souvent et parfois m'emmenaient avec eux quand personne ne pouvait me garder ou que Nénène allait dans sa famille. Timothée, lui, partait voir Paul, son ami, un autre grand. C'est ce qui est arrivé ce jour-là. Je m'en souviens dans les moindres détails. Une immense peur m'avait saisie, une peur panique, comme aujourd'hui.

Nous étions partis tôt en Jeep. Pendant tout le trajet, ils avaient parlé entre eux, m'ignorant totalement, comme d'habitude ; il faut dire que maman n'était pas contente car une fois de plus je n'avais pas voulu manger et l'avais retardée en courant chercher Bilou que j'avais oublié sur le divan. Maintenant, je suis assise sagement, toute droite sur le siège arrière, les genoux serrés. Mes nattes brunes tressautent au rythme des cahots de la piste. La voiture s'arrête, ils sortent chacun de leur côté, fusil à l'épaule, et claquent les portières. Ce bruit sec et les pas qui s'éloignent résonnent encore dans ma tête. Papa et maman me disent de ne pas bouger : « Sois sage, on revient ».

Me voilà, seule, silhouette indécise dans l'ombre de la voiture. La Jeep est immobile sous le soleil, le feuillage du baobab est trop haut pour me mettre à l'abri des rayons qui filtrent et tapent sur la tôle. Je sens l'air vibrer d'odeurs que je connais bien, quelque chose de moite, de doux et d'âcre en même temps, c'est comme lorsque je blottis mon visage dans la fourrure de Bilou.

Je glisse subrepticement du milieu du siège vers la fenêtre, gonfle le ventre, aspire la chaleur, la retiens en moi, ferme les yeux. Des bruissements me parviennent, des frôlements, comme des murmures étouffés ; toute une vie est là, toute proche, qui anime cette immensité dans laquelle je me sens perdue, abandonnée. Je panique, mon cœur bat très fort dans ma poitrine, la chaleur est devenue insupportable. Où sont-ils ? Des feulements, une branche qui craque et l'envol subi des canards sauvages. Un félin a dû s'approcher de la mare. Là–bas. Où se trouvent papa et maman ? En plissant les yeux, il me semble entendre des voix, au loin, très loin.

J'appelle : « Maman ! Papa ! »

Ma main s'alourdit sur la poignée de la portière, un grincement léger, je glisse à terre. Inconsciente du danger qui guette, j'avance. Toute la vie sauvage bourdonne autour de moi, je me sens observée par mille paires d'yeux. Je me ferme et m'interdis de regarder à droite ou à gauche. Je tente de résister mais malgré moi, lève mon regard. Le soleil m'éblouit, mes paupières battent en retraite, deux grands yeux de velours noir s'imposent, s'abaissent sur moi. Je m'immobilise, aspirée par le mystère de ce regard. Le long cou et le visage tacheté remontent vers le ciel.

J'étouffe un sanglot, me remets en marche à petits pas précipités, toute rigide, tête baissée, sur mes sandales rouges. Je me concentre sur les voix lointaines qui, soudain, au détour d'un buisson, deviennent pleinement audibles. Les voilà, enfin ! Je me mets à courir et stoppe net. Maman a sa main en visière et papa est penché. Surtout ne pas me faire remarquer, je vais me faire gronder. Ne plus faire un mouvement, ni de bruit, repartir discrètement, maintenant que je suis rassurée. J'amorce un demi-tour, la voix furieuse de ma mère retentit dans mon dos : « Elle n'en fera jamais d'autres. Sortir de la voiture, il faut vraiment être complètement inconsciente ! Dépêche-toi de retourner à la Jeep. » Elle tire sur les canards sauvages. Pan ! Pan !, crache la carabine

Mes pas pressés me portent vers la Jeep, vite, vite. Avec des hoquets contenus, je ravale mes larmes.

Quand ils reviennent, je garde les yeux fermés. Ils parlent fort, je serre encore plus fort mes paupières closes. Ils montent, les sièges grincent sous leur poids, les deux portières claquent simultanément. Les yeux de mon père : un éclat vert, bref, qui s'évanouit aussitôt.

Retrouver la fourrure de Bilou et serrer son petit corps contre moi.

Toute ma vie est contenue dans ces premiers instants. Pas un mot, pas un regard, c'est comme si je n'existais pas.

Aujourd'hui, je n'existe toujours pas et les silhouettes familières ne sont plus. Aujourd'hui, je suis toujours dans l'attente. J'attends qu'il vienne à moi, se penche avec sollicitude. Pourquoi es-tu parti si loin ? Reviens. Petite renarde assise sur son derrière, oreilles dressées à l'affût du bruit d'un pas, j'attends. J'entends le bruissement des feuilles, je sens l'odeur de l'herbe coupée, son odeur, la douceur de son souffle. Caresse-moi, ébouriffe ma tignasse, danse avec moi, je t'attends. Ne me laisse pas seule sur ma chaise, prends-moi dans tes bras. Ce quadrille, il est pour nous, tends-moi la main !

8

Je grelotte de chaud et de froid tout à la fois. Je suis allongée, immobile, les bras le long du corps, mes mains et mes pieds nus reposent sur un tissu lisse et doux. Je n'ose faire un mouvement. Je suis un gisant, seuls mes yeux sont vivants. Ils tentent de percer l'obscurité, franchissent les murs, retrouvent le fil de mon passé. Je revis les sevrages abrupts de l'enfance, ma blessure se creuse. Je n'ai pas connu le sevrage du lait, n'ayant bu ni le sein de ma mère ni le biberon nourricier et consolateur. Mais j'ai subi des sevrages d'une autre nature, terribles, brutaux, inexpliqués.

Sevrage de la peau de ma Nénène contre moi.

Sevrage de ses chants qui me bercent, me nourrissent, m'endorment.

Sevrage de la voix de mon père qui surgit et s'évanouit aussi promptement.

Sevrage des bras de ma mère qu'il me faut toujours quémander, telle une petite mendiante en manque d'amour.

Même Bilou…

À ce souvenir, mon cœur se serre, les larmes me montent aux yeux. Je me revois le cherchant désespérément dans le jardin, à la petite fontaine où je jouais si souvent, sous le bougainvillier où je me réfugiais, et brusquement le bras de maman qui m'attrape, me force à rentrer dans la voiture.

Je me débats :

— Bilou, j'veux Bilou.

— Assez, tu vas nous faire louper le départ.

Je n'ai même pas eu le temps de me blottir une dernière fois dans les bras de Nénène, de « la respirer », de me remplir de sa chaleur, de sentir ses lèvres sur ma joue me murmurer des mots aux sonorités si douces. J'ai juste le souvenir de cette main qui se lève en signe d'adieu, de ce visage flou, déformé, qui s'éloigne dans le nuage de poussière soulevé par les roues de la voiture, sur le chemin de terre battue.

Je me suis retrouvée dans la cabine d'un bateau. Timothée m'a dit :

— Arrête de pleurer, on va retrouver papa et connaître notre grande sœur Juliette.

Alors du haut de mes quatre ans, j'ai compris que jamais plus je ne reverrais Bilou, plus jamais je ne reverrais Nénène ni n'entendrais chanter la fontaine, ni couler l'eau du ruisseau, ni croasser la luisante corneille noire.

J'ai quatre ans et je suis en deuil.

Mes pleurs redoublent. Timothée m'a regardée un moment, puis, impuissant devant ce chagrin qu'il ne comprend pas, tout excité, s'est approché du hublot pour voir la mer houleuse du port. La sirène a retenti, le bateau a pris la haute mer.

Ma petite silhouette a disparu de la vue de Bilou,
de la petite maison ocre,
des bougainvilliers odorants jaunes et roses,
des chansons chaudes et multicolores de Nénène.

9

J'entends mon cœur battre, cogner contre ma poitrine, comme dans la cabine du bateau qui m'a emportée jadis, loin de mes racines, loin de la douceur et de la chaleur africaine. Je suis perdue, je tends les bras, touche le vide. L'araignée n'a pas réapparu, aucun mulot ne dresse son museau pointu. Où sont mes compagnons de captivité ?

Les sentiments de culpabilité, d'incompréhension, de perte, tout se mêle à nouveau. Je vois défiler tous ces instants vécus. Vertige d'un vide qui m'aspire comme un tourbillon sans fin. Où suis-je ? Où vais-je ? Un tunnel lisse fuit devant moi, plus d'aspérités auxquelles m'accrocher. Lisse aussi est ma solitude. Solitude profonde, sentiment d'abandon, comme celui de l'algue inutile rejetée sur le rivage. Je les ai déjà connus. Ils ont habité mon corps, mon cœur, mon âme tout entière. Vingt ans, trente ans en arrière ? Quand j'étais mariée, jeune, la vie devant moi et qu'il s'en est allé vers des terres lointaines, là où je ne voulais ni ne pouvais le suivre. Ma vie a dérapé. J'ai dérapé.

Une roue glisse inexorablement vers le fossé, une pluie battante m'assourdit, un chemin étroit et sinueux se faufile devant moi, il faut enclencher la marche arrière. La roue patine et tourne dans le vide, le volant est incontrôlable, une corneille piaille, rameute ses congénères, l'odeur du moteur en surchauffe envahit mes narines, une portière claque, l'eau ruisselle sur mon front et mes épaules. Une silhouette se cisèle dans la tache claire du soleil qui filtre à travers les pins et la pluie. Crissement des mocassins sur les aiguilles, visière d'une casquette, une voix m'interpelle, puis plus rien, je m'enfonce très loin dans un puits sans fond.

10

Il la découvre par terre. Pourtant il l'avait mise sur le lit. Elle a dû tomber en se débattant. Il la prend dans ses bras, s'étonne d'un fardeau si léger, la repose avec précaution sur les draps frais. Elle est brûlante, gémit, prononce des mots sans suite, semble se battre contre des ombres.

Elle ouvre les yeux. Il recule dans l'obscurité.

Il ne sait comment s'y prendre, se sent si maladroit. Quand il la touche, sa peau frémit. Il voudrait l'entourer de ses bras, la bercer contre lui, comme un petit chaton apeuré abandonné par sa mère, mais il ne peut pas, ce n'est pas son rôle, elle pourrait se méprendre, crier. Elle se tord sur le lit, des sons rauques s'échappent de sa bouche, elle délire, sa tête tape de droite et de gauche, sa respiration est haletante, c'est comme si elle voulait échapper à quelque chose qui la dévore de l'intérieur. Il attend qu'elle ferme les yeux et que son souffle devienne plus régulier.

Il se rapproche, passe un gant froid sur son front fiévreux et le long de ses bras qui dépassent de sa chemise en sueur, rafraîchit ses pieds. Il reste là, plongé dans sa contemplation, veillant sur son sommeil comme un ami jusqu'à ce que vienne l'heure de partir. Quand la fièvre aura baissé, il pourra la lever et soutenir ses pas chancelants. Il hésite puis pose à côté d'elle un verre et des cachets. C'est ce qu'il prend quand il est assailli par ses peurs, peut-être que cela lui permettra de planer.

11
Théo

Je sens le frémissement d'un souffle. Ce n'est pas la première fois. Est-ce le mien ? Non… Quelqu'un est là, qui m'épie. Une présence. Terrifiée, je n'ose bouger ni ouvrir les yeux. Je retiens ma respiration. Qui est-il ? Tout est si sombre. Dans la demi-pénombre, j'entrouvre à peine les yeux, une ombre gigantesque projetée sur le mur. J'ouvre la bouche, me recroqueville, disparaître, fuir ces ailes noires menaçantes.

Pourquoi n'es-tu pas là pour me protéger ? Je me suis efforcée de mettre chaque jour un pied devant l'autre. Plein d'images m'écrasent. J'ai chaud, tellement chaud. Ma tête me fait mal. Arrêter de penser, hiberner comme une ourse. La pluie frappe dur. Je suis toute mouillée, mes cheveux sont mouillés. Un air froid me transperce, une porte claque, mes jambes se détendent, une apparition, Théo.

T-H-E-O les lettres s'inscrivent, je les caresse des yeux. Grand, bien charpenté, noir de peau, des lunettes d'intellectuel, une violence, tapie, retenue, dissimulée, un félin qui déploie son corps tout en souplesse tandis que ses muscles se raidissent.

L'Afrique a laissé en moi son empreinte, aucune loi, aucun frein, un désir brut. Avec lui, j'ai découvert que j'étais une femme fontaine, jouissance inattendue, complicité immédiate. Lors d'un accès de malaria, il me tient contre lui, tendre et protecteur, berce ma peine de femme solitaire avec les sonorités de mon enfance. Ses mots résonnent, envahissent mon être, deviennent le martèlement des pattes du lion qui court et jaillit des buissons pour plonger sur le groupe de femelles alanguies. Je sens la vibration du sol sous ses pattes triomphantes, un son rauque, je suis la femelle soumise, aplatie, engloutie dans l'herbe haute de la savane. Un guépard apprivoisé bondit dans le parc sur le lapin qui s'est échappé de la cage, le plaque à terre, tandis qu'il couine de désespoir. Je dois courir, m'enfuir, un vélo, le tandem que je devais trouver pour le jardin de ma cliente, il est là pour moi, son armature vieillotte me fascine, vite l'enfourcher. Je plisse les yeux pour trouver ma route, le mur reprend sa place, avale le vélo, il n'y a plus rien, je tombe, une chute sans fin, murée vivante.

Thé-o, les deux belles sonorités résonnent et retombent telles des feuilles qui tournoient dans le vent d'automne, elles appartiennent aux phrases rythmées des contes africains qui chantent et dansent au son des tambours. Serais-tu revenu de si loin pour me faire tienne ?

N.Y., 12 septembre

Allo… Camille…

Voilà plusieurs messages que je te laisse.

Je croyais que tu étais partie dans les Landes, c'est ce que tu fais quand tu joues les recluses, mais j'ai appelé madame Berthier, la maison est fermée.

Où es-tu ?

Remarque je préfère ça, je n'aime pas te savoir seule, plongée dans ta solitude, au milieu de la masse des pins si sombres

Tu me rappelles s'il te plaît ?

12

Mon mari s'absente souvent. J'apprécie ces parenthèses. J'aime penser à lui, caresser son visage en imagination, le retrouver et retomber amoureuse comme au premier jour. Toute jeune mariée, il en était déjà ainsi, ma sœur Juliette trouvait cela étrange. J'aime l'éclat de ses yeux verts, ses sourcils épais et broussailleux qui lui donnent un air de baroudeur, ses cheveux un peu longs et bouclés, ses mains si fines, bien dessinées, cette assise qu'il dégage et qui me rassure. Être chez nous bien au chaud, un salon spacieux, des plantes exotiques, des tableaux et le souvenir des voyages qui s'y rattachent, un piano silencieux, un désordre à moi, une rose qui me fait rêver à un mari encore attentionné et amoureux. Des tulipes jaunes vivent par leur ombre sur le mur blanc, le soleil couchant pointe timidement, un vent rageur souffle au-dehors, les enfants entourent l'écran d'images et s'abandonnent dans les bras et dans les fauteuils au seuil d'un sommeil protecteur près de la mère solitaire que je suis devenue. Ce bonheur calme et tranquille me désolait un peu, le surplus me manquait terriblement. Mais je m'y étais habituée.

Les absences de Maxime s'étaient prolongées, je m'étais enfoncée dans cette solitude. Il nous avait construit un bonheur solide et serein, à son image, mais il était tout de même parti, sans se retourner. Il avait poursuivi sa route, me laissant avec mes rêves et mes passions intérieures que j'avais endormies au fil des années. Toujours insatisfaite, à contre-courant de ce que j'étais vraiment, prisonnière d'une éducation qui ne me correspondait pas, dont je n'osais secouer le joug de peur de me retrouver dans un vide que je n'aurais pas su habiter par manque de courage, par manque de confiance. Un homme qui m'aime au-delà des mots, qui me suit sur ma route et me soutient. Être comprise, reconnue, acceptée. Ne plus vivre la place désertée, la replongée en apnée dans la solitude, le malaise diffus qui vous étreint le matin au réveil comme lorsque l'on a raté un examen et que le souvenir de l'échec vous revient. Le poids qui s'abat sur la poitrine.

Si je pouvais arrêtez la ronde des pourquoi. Pourquoi est-il parti ? Pourquoi ne rentre-t-il pas ? Pourquoi m'a-t-il abandonnée ? Où est-il ? Qu'ai-je fait pour qu'il me laisse ainsi désespérée ? De quoi suis-je coupable ? Mais la mémoire est une grande dame taquine, elle joue avec vos souvenirs, rendant obsédants ceux que vous voudriez oublier et laissant fuir ceux que vous voudriez retenir. C'est comme le martèlement de chevaux au galop dans le lointain qui paraît si proche et vous envahit de sa présence alors que dans le corral à côté de la ferme, il se dissout dans les bruits environnants.

Ma pauvre tête…

13

Mon mari est un homme de chiffres, qui vibre de ses chiffres, tandis que je m'enivre d'alexandrins et de rimes. Comment se rejoindre ? Jouer avec les nombres, les faire correspondre, en faire une farandole ? Pour cela, il faudrait de la fantaisie, quitter la rigueur mathématique, ôter ce bouclier de certitudes derrière lequel il se retranche, se mettre à nu ou se laisser percer par des flèches qui piquent la vulnérabilité. Tout cela est impensable chez cet homme fermé qui gère sa famille comme une entreprise. J'ai vu la faille mais n'ai pas réussi à l'ébranler.

Nous avons essayé de recoller les morceaux. Pour une fois, il avait tout organisé. Nous devions nous retrouver sur une île paradisiaque aux consonnes prometteuses. J'avais attendu plus de quinze ans ces vacances tant souhaitées. Maxime s'était-il senti coupable ? De quoi ?

Une banderole défile dans le ciel azur, des mots tels de minuscules points noirs se rapprochent, foncent en piqué sur mon visage, je hurle de terreur, ils éclatent autour de ma bouche ouverte, je les avale, ils entrent en moi, s'organisent, ce sont les feuillets de mon journal qui m'apparaissent, disparaissent, farfadets espiègles qui se jouent de moi. Je me souviens de toutes ces notes que j'ai prises au fil des jours, dans la pénombre de la cahute. Dix-neuf petits jours… Une prise de conscience difficile, première étape franchie à mon corps défendant. Captive dans ma vie, captive de ma vie.

Aujourd'hui, chaque mot consigné éclaire mon présent et m'attache au monde réel qui m'échappe. Ma mémoire devient l'unique rempart à mes hallucinations. Elle me revient par bribe, je m'y arrime. Je me récite mon journal comme je réciterais les poèmes que j'ai appris enfant, à l'école. Je passe un doigt sur les mots dans ma tête et les lis comme une aveugle. Mais peut-être que je me trompe, que ces mots je les invente pour dissiper la peur irraisonnée qui m'étouffe ? Où a fui la vie ? Pourquoi on ne m'entend pas ?

Un cercueil, je suis enfermée dans une boîte. Je suis saisie d'effroi et tape contre le bois dur, mes pieds martèlent le coffre. Je suis le crâne aux orbites vides que tient ma sœur Juliette dans ses mains, entourée de cadavres dans le tombeau de nos ancêtres, elle jongle avec les os de notre cousin Tybalt. Des vers dansent une valse macabre, la valse de la vie dans le monde souterrain des morts. C'est un cauchemar, où est partie ma raison ? La folie frappe à ma porte. Ce journal intime l'ai-je seulement écrit ?

Journal de Camille, juin 1985

Mardi 8 juin : Ma proposition au petit déjeuner est rejetée. Il n'a pas vraiment opposé de refus, mais une inertie tranquille, un non-vouloir, avec le sourire. Mes fantasmes érotiques tombent à l'eau, nous sommes à la moitié du séjour.

Jeudi 10 juin : Piscine vide de monde, eau cristalline, Couples d'amoureux qui se bécotent. Suis partie, dégoûtée.

Vendredi 11 juin : Vêtue de mon pyjama chinois de soie rouge, fluide et sexy, je suis sortie sur la terrasse dans l'espoir qu'à son retour, mon mari m'entraînera vers le lit avec des mots tendres, je veux toujours y croire, je ne désarme pas. Plongée dans la chaleur moite du jardin, j'écoute la complainte du crapaud amoureux qui affirme sa présence dans la mare devant la hutte. Un groupe de jeunes malais me dévisagent d'un air gourmand. La marée est basse, les touristes, allongés sur leurs chaises longues, sont abrutis de soleil, le sable nu est griffé par les rochers apparents, l'eau se brise dans un éclat d'écume sur la barre de corail. Maxime paraît, portable à l'oreille, explose de colère, son entreprise en est la cause, c'est sa première maîtresse. J'en fais les frais, je laisse passer l'orage.

Ce que je souhaitais si ardemment avec mon mari je l'ai obtenu des années plus tard avec Gerry. Avec tout autre, l'amour me fait dormir, avec Gerry c'est lui qui crie : « Assez » et moi qui rétorque : « Déjà ? » « Mais enfin, cela fait trois heures que l'on fait l'amour, ça ne vous suffit pas ? » Insatiable, je pourrais continuer indéfiniment, toute la nuit, jusqu'aux premières lueurs de l'aube, mais il s'en va, coupant court à l'étreinte. Comment est-il après l'amour ? Je ne sais. Il est « Monsieur s'en va ». S'endormir, se réveiller au petit matin, déjeuner, refaire l'amour serait construire ce qu'il fuit à tout prix. Cet amoureux, je dois le quitter, il ne m'apporte que du mal-être, comment vivre avec cette absence ?

Vision de Nick, l'éléphant en peluche de mon enfance. Voilà donc le nom de mon fantasme masculin. Bonjour à toi, Nick, réussiras-tu à me faire oublier mon mari et Gerry ?

Dimanche 13 juin : J'ai mis mon short en dentelle ajourée et une courte brassière. Le désir m'habite. Je reste là, fiévreuse, comme une enfant prise en faute. Maxime a vu en moi une offrande, libido en éveil, sourire béat. Virilité stimulée par la vue de quelques belles naïades ou habitude d'une bonne hygiène physique ? Cela a pris cinq, voire dix minutes. La tendresse m'a submergée. J'ai voulu l'embrasser. Il a émis un grognement d'homme ensommeillé, s'est tourné sur le côté.

J'ai filé vers la plage, posé mon sac et tout ce qui pesait tant. Ma vie ? Elle est donc si lourde ? Nue, j'ai couru, légère, sur le sable brûlant qui me donnait des ailes. Dans l'eau, j'ai laissé un sillage silencieux, celui de la pirogue qui glisse dans les matins brumeux et me suis perdue dans l'immensité marine.

C'est une fois de retour sur la plage qu'il est venu, celui que je n'attendais pas, celui que je n'attendais plus. Il s'est assis, sans dire un mot a pris ma main, j'ai serré la sienne. En retour, il m'a entraînée.

La cahute est sombre, il est d'une douceur insoupçonnée. Ses yeux, très verts, luisent comme ceux d'un chat, ses lèvres suaves, précises, douces comme de la soie m'enveloppent. Quand il est entré en moi, comme le ressac de la mer, je me suis sentie en communion avec mes racines, j'aurais pu chanter le chant du monde. Je me suis laissé bercer par cet infini bien-être et ces mots étranges qui venaient du fond de mon enfance. Il m'a posée comme un objet fragile sur la plage, parcourue de ses lèvres une dernière fois en murmurant Ajib, Ajib.

Ajib où es-tu ? As-tu existé ou n'es-tu qu'un rêve ? Seules les vagues connaissent la réponse.

Tout peut être si simple, pourquoi n'y sommes-nous pas parvenus ?

Lundi 14 juin : Le rire des enfants, les transats rayés de bleu, l'oiseau blanc qui plane, le maillot rose d'une belle brune qui émerge. J'ai plongé mon regard dans le feuillage aux essences multiples de la colline luxuriante pour pénétrer cette jungle inextricable et m'y perdre. J'aurais aimé un compagnon attentif, un littéraire doublé d'un aventurier, pour qui je serais la seule, l'unique, un amant attentionné, un complice, rire, vivre mes émotions, goûter une communauté d'esprit, où seul un regard échangé dévoile le sentiment partagé.

Après le dîner, Maxime m'a surprise dans mon premier sommeil, ses lèvres se sont posées sur ma nuque encore mouillée, ont glissé le long de mon dos, tels deux explorateurs, les ventouses de la bouche ourlée de rose du poisson qui me mord les chevilles chaque matin dans le lagon. Nous avons roulé dans les draps blancs, j'ai levé les yeux vers son regard clair et me suis endormie, portée par des rêves prometteurs. Est-il encore possible de faire renaître cet amour ?

Mardi 15 juin matin : Au réveil, encore pleine de cet instant fugace de suprême harmonie, je me suis étirée de bien-être comme une chatte au soleil, j'aurais tant aimé que ce soient les prémices d'une renaissance. Mais il est sorti... Tôt, sans un mot. J'ai attendu. Il n'est pas revenu. Au restaurant, nous avons mangé en silence. L'instant de grâce était passé. A-t-il une maîtresse ou a-t-il peur de se retrouver seul et fait des concessions parcimonieuses ? Le silence, toujours le silence. Ce silence qui me pèse tant. La mer s'est retirée, je suis partie une dernière fois m'accrocher sur les coraux telle une arapède et j'ai marché vers la barre.

Je ressens encore aujourd'hui, entre ces quatre murs, la densité de ce silence. M'a-t-il considérée pendant toutes ces années comme un jouet dont il a joui au gré de ses fantasmes ? Les hommes ont besoin de conquête, je lui étais trop acquise. Il m'a enfermée dans sa vie et je me suis laissé confisquer la mienne, trop amoureuse pour secouer le joug sous lequel je pliais. Je n'ai pris des chemins de traverse que pour mieux revenir vers lui. Est-ce à ce moment-là que j'aurais dû, sans attendre, faire le deuil de mon amour conjugal ?

Mardi 15 juin fin d'après-midi : Les chandelles sur les tables scintillent comme des lucioles, égayant la plage de leur clarté fluorescente. La lune voilée me renvoie l'image de ma vie. Je voudrais qu'elle sorte de son étui de nuages, brille de tout son éclat comme les lumières des bateaux, au loin, sur la mer qui délimite cet horizon infini où ciel et eau se confondent dans une même palette de couleurs.

Ma silhouette, toute de blanc vêtue, pieds nus, à la lisière de l'eau, se détache sur le noir de la nuit descendue. C'est alors qu'il a surgi à nouveau, de nulle part, Ajib, celui qui a pris ma main. Il m'a enlacé dans l'intimité de l'obscurité, pétri de ses doigts inquisiteurs le bout de mes seins en émoi, couvert de caresses et de mots mystérieux, chuchotés dans le souffle chaud de ses lèvres qui ont consolée ma peine Ajib, Nick, mon mari, les trois visages se sont confondus. L'eau est remontée, le bruit du ressac est devenu perceptible.

Dernier soir : Ce soir, nous allons faire nos valises, repartir vers deux destinations différentes, nos destins s'inscrivent en parallèle. Le fossé s'est élargi. Ce séjour a marqué la fin de notre histoire. Je ne suis plus qu'un mouchoir en papier froissé qu'il a jeté sans un regard.

Dans le side-car,
Il est le pilote avisé qui suit son chemin.
Je suis la passagère dans le panier,
Ballottée, secouée au gré des cahots de la route,
sans aucune visibilité, ni contrôle sur les évènements
que je subis, impuissante.

Le Kleenex que j'étais devenue avait eu du mal à se redéployer. Je croyais avoir créé ma tribu et tout d'un coup tout a disparu, il s'en est allé, et la tribu s'est dispersée. M'a-t-il seulement aimée ?

Je ne l'ai pas retenu et n'ai pas eu la force de le reconquérir. J'ai courbé l'échine comme le mulet que le maître frappe pour creuser un sillon sous la pluie. Dame Mélancolie s'est emparée de moi, il m'a abandonnée à son emprise.

Aurais-je pu anticiper qu'il me laisserait un jour pour un joyau neuf en me reléguant au grenier des souvenirs ? La solution va-t-elle émerger de ma solitude ? Mon amour était un dû. Je tourne en rond, de grands cercles concentriques qui me ramènent tous au centre, je ne peux m'échapper, incessantes ritournelles qui se répètent, se démultiplient, s'amplifient. J'entends le mugissement de l'océan, il envahit tout mon être, je vois la dune à pic, si tentante, elle me fascine avec les vagues qui la cognent à sa base, à marée haute quand la plage s'efface. Je veux me jeter, que cesse la souffrance, que la mer me recouvre comme un linceul.

N.Y., 13 septembre

Bon sang, Camille, décroche ! Que se passe-t-il ?

Aurais-tu une nouvelle crise de palu ?

La dernière fois, tu m'as fait une peur terrible, tu as déliré pendant plusieurs jours et après tu ne te souvenais de rien.

Rassure-moi, tu vas bien ?

Je suis très inquiète

Je t'embrasse

14
Le ramasseur de balles

J'ai mal, ma tête cogne, mon cœur cogne, je sens un air frais, quelque chose pèse sur moi de tout son poids. L'enlever. Quel est ce corps étranger qui me pénètre ? Tu me fais mal, arrête, tu ne vois pas que je n'en peux plus, va-t'en sors de mon corps, va-t'en je te dis. Serait-ce toi en moi ? Tu es revenu, enfin ? Pourquoi as-tu fui ?

Reprendre ma vie en main, devenir mon propre guide. Depuis combien de temps dure cet enfermement, faut-il le compter en heures, en jours ?

J'ai soif, il fait chaud, trop chaud. Fichue fièvre. Que fait cette bouteille sur cette table ? Et cette table ? C'est la première fois que je la vois ! Et ce verre ? J'ai si soif, sur une impulsion, j'avale d'un coup son contenu, me sens aspirée, deviens un poisson bleu et argent, me laisse dériver au fil du courant, engloutie par les flots tumultueux qui me portent, se transforment en un square ombragé que je traverse d'un pas alerte pour entrer en collision avec un adolescent qui me demande une cigarette, je fouille dans mon sac, lui tends le paquet ouvert.

— C'est vraiment gentil. Vous allez où comme ça ?

— Rue de la Boétie. Excusez-moi, je suis pressée… J'accélère le pas.

— C'est ma direction, je vous accompagne. Qu'est-ce que vous faites dans la vie ?

— Je suis architecte d'intérieur mais…

— Je sais, vous êtes pressée, donnez-moi votre numéro de téléphone.

Je m'arrête, interdite par cette demande directe, le regarde. Il est là, touchant, plutôt mignon, se balançant d'un pied sur l'autre puis il rabat le capuchon de son sweat sur la tête car il commence à pleuvoir. Il me gratifie d'un bon sourire généreux, je n'y résiste pas, lui donne mon numéro.

Il m'envoie très vite des messages : « Un admirateur pense à toi » « Tendres baisers ma duchesse » « Espère te voir bientôt duchesse, caresser ton corps de top model ».

C'est amusant cette façon de m'appeler Duchesse, plutôt flatteur. Il me demande de venir le voir dimanche dans la banlieue où il habite. J'hésite, je finis par décider d'y aller, comme ça, pour voir, parce que son admiration naïve apaise mon mal-être de femme récemment divorcée, encore à vif. Je retrouve la folie aventurière de mon adolescence qui sommeille.

Je mets du temps à trouver. Tous ces immeubles se ressemblent, quelque peu délabrés, couverts de graffitis par endroits, une maigre pelouse desséchée, jonchée de canettes, de mégots et de papiers gras tente vainement de survivre. Quand je me gare à côté d'une vieille Citroën toute cabossée, je suis gênée. Ma petite voiture, pourtant bien modeste, fait figure de riche. Devant l'immeuble, une bande d'adolescents fument des joints, ils me jettent un regard vide qui m'accompagne jusqu'à ce que je passe la porte. Je cherche désespérément un bouton d'interphone quand soudain une porte s'ouvre à côté des boîtes aux lettres. C'est lui. Il devait me guetter : « Bonjour duchesse, je suis content que tu sois là. Entre ». J'emprunte un couloir, il y a une pièce sur la droite avec deux filles en brassière, écouteurs aux oreilles. Il ouvre la porte de gauche et me fait entrer dans une chambre qui donne directement dehors, là où j'ai garé ma voiture. Le store est baissé. Il y a un matelas à même le sol, un mug de café sale, une canette de coca et des chaussures, une multitude de chaussures de sport de marque. Mon regard étonné s'arrête dessus. Il rit de ma surprise :

— Elles sont belles, non ? Comme je t'ai dit, je travaille à Roland-Garros ; c'est cool ça me permet d'avoir des super baskets. Je fais le plein pendant la saison.

Il désigne de son index une paire de Nike jaune et bleu fluo avec des lacets orange :

— C'est celles-là que je préfère. J' les mets pas, j' les regarde. Tiens, assieds-toi là.

Il tire une couverture bleue sur le matelas et s'assoit à côté de moi. J'ai mis ma longue jupe blanche et un tee-shirt, je suis encore toute bronzée de mon séjour des îles. Il me regarde avec son beau sourire « Tu es belle ma duchesse ». Et très vite, sa main remonte sous ma jupe le long de mes jambes, tandis que ses lèvres cherchent ma bouche. Je suis tellement abasourdie par cet environnement inattendu et cet assaut soudain que je me laisse faire tout en pensant : « Mais les filles vont tout entendre, qu'est-ce qu'elles vont penser ? Et la bande de jeunes dehors… ». Il me renverse, sans lâcher ma bouche, sa main continue de remonter et il fait glisser son jogging. Et c'est là, dans cette petite pièce un peu misérable où je me sens au bout du monde, que je connais un merveilleux moment de tendresse et un orgasme surprenant qui a duré, comme suspendu dans le temps. L'espace d'un instant, ce lieu étrange est devenu un nid d'amour chaleureux, envoûtant.

Quand je rentre à Paris, je ne comprends toujours pas ce qui s'est passé, mais je me sens bien, je ne me suis jamais sentie aussi bien, en accord avec moi-même et l'univers.

Il continue de me téléphoner, m'envoie des SMS, me sollicite. Je suis allé le voir plusieurs fois à Roland-Garros. Quand il s'élance sur le terrain avec ses jambes fuselées, ses fesses rebondies de black, son *beau* torse brun, je frémis et caresse en imagination sa peau ferme et lisse. Cela ne peut pas durer, je cherche des prétextes pour espacer nos rendez-vous, il ne désarme pas. Je reçois encore un message de lui : « Bonjour duchesse. Je viens aux nouvelles. J'espère que tu vas bien. Tendres baisers, je rêve encore ». Je ne le rappelle pas. Je ne me souviens même plus de son nom.

Serait-ce toi la présence ? Toi, si respectueux, si courtois, si jeune, avec ce beau sourire ? Comment savoir ? As-tu seulement existé ? Pourquoi ta pensée m'envahit-elle, dans ce lieu ? Parce que tu es insolite comme cet endroit ?

15

Je n'ai aucune notion du temps qui passe. Je suis en dehors du jeu de la vie, j'en suis sortie ou peut-être n'y suis-je jamais entrée, tout n'a été qu'une immense illusion, je suis une illusion, ma vie est une illusion. L'acte sexuel m'ancre dans la vie comme un animal pour me retrouver plus exsangue après chaque expérience, je ne suis qu'une plaie vive où chacun vient s'abreuver, je meurs peu à peu, dévorée de l'extérieur et consumée de l'intérieur.

Gerry occupe mes pensées. Avec lui, tout est resté en suspens. Si je sors de cet enfermement, la confrontation sera inévitable. Je veux le revoir, il est impossible qu'il disparaisse ainsi. J'aimerais faire provision d'amour comme un écureuil fait des provisions avant l'hiver, mais quand j'approche il fuit de branche en branche. Pourquoi ? Pour que je le suive ? Ne te sauve pas, chauffe-moi d'amour.

13 h, l'heure chaude de la journée, dans les Landes, un jour de soleil éblouissant qui éclabousse tout sur son passage. Je suis debout, tourne le dos à la porte-fenêtre, montre mes longues jambes bronzées. On toque au carreau. Je me retourne, ouvre, me trouve face à un jeune homme souriant qui me déshabille du regard. Je prends conscience de mon short en jean très court qui

me moule étroitement et de mon tee-shirt jaune qui laisse apparaître mon nombril et la pointe de mes seins. Je ris sous ce regard, satisfaite de l'évaluation d'évidence élogieuse qui se lit dans ses yeux. Il se présente :

— Gerry, le docteur.

— Bonjour docteur. Camille, la voisine. Entrez, je vous en prie, mes amis vous attendent.

— Comment vont-ils ?

La conversation qui suit est très banale. Qu'importe ce qu'il dit, je ne prête attention qu'à son regard, un regard qui persiste à m'effeuiller en toute tranquillité. Il le fait avec beaucoup de naturel, sans se gêner ni cacher son plaisir. Je suis flattée et heureuse, très heureuse, j'ai envie de lui dire : « Ça vous plaît ? Satisfait ? ». Ses yeux rieurs remontent jusqu'aux miens, j'aime ce regard qu'il pose sur moi dans ce soleil royal de fin juillet. Je me sens unique, une reine, et me répète à satiété : « je suis Camille » et « J'existe ».

Les jours se sont succédé, je me suis surprise à attendre et espérer chacune de ses venues. Je suis déjà captive, inexplicablement captive au premier regard, comme je l'ai été de mon mari. Aujourd'hui aussi, je le suis, au sens strict du terme. Projection de ce que j'ai toujours été jusqu'ici dans ma vie ? Captive de mon éducation, des règles sociales, de mes relations affectives, de ma culpabilité ?

« J'aime vos yeux qui pétillent ! » « Quelle élégance ! » « J'aime quand vous relevez vos cheveux. » « C'est très joli ce que vous avez là… » Le soir, je me répète tous ces compliments qu'un garçon utilise pour courtiser une fille, lui dire qu'elle lui plaît. Chaque fois, il en trouve une nouvelle qui fond en moi. Dans le même élan, il me dit qu'il a un bébé, qu'il est jeune marié et refuse de prendre mon numéro de téléphone. Très vite, je ne sais plus où j'en suis. Au fil des jours, des pans de vie se révèlent mais le jour de mon départ, rien n'est dit. Tout reste en demi-teinte. La jeunesse et le charme qu'il utilise à mon endroit répondent à mon attente inconsciente, latente, désir de plaire, d'être charmée, de me sentir vivre. L'occasion avait manqué jusqu'ici, elle se présente maintenant, lumineuse comme une évidence.

Dans le train, sur le chemin du retour, je pense à lui, rien qu'à lui, tout en regardant les passagers de mon compartiment. Il y a une fille brune, dont les cheveux un peu bouclés, très libres, lui auraient certainement plu ; il y a cette grand-mère chapeautée, très drôle et bavarde, qui me fait penser à Miss Marple et aussi ce jeune garçon au visage poupin qui travaille pour la SNCF. L'esprit replié sur les images d'un souvenir, je les écoute échanger des plaisanteries entre eux, écrivant dans ma tête toutes les impressions que je ressens, avide de les échanger avec lui.

Je lui envoie un texto pour lui dire que je suis bien arrivée et lui croquer en quelques mots le portrait de mes compagnons de voyage. Il ne répond pas. Assailli par mes peurs, je n'ose insister. Peur d'avoir mal compris, d'avoir travesti la réalité, timidité de la petite fille aux nattes brunes qui se cache au fond de la classe et tâche de disparaître derrière le livre ouvert sur son pupitre pour qu'on l'oublie. La paralysie est totale et m'empêche d'avancer. Mon amie Garance me pousse à agir.

Il n'avait pas l'habitude des textos et par une fausse manipulation avait effacé le mien. Il m'avoue son équipée loupée à la gare. Il s'était trompé d'heure, m'avait attendue dans l'espoir fou de me revoir encore une fois. J'en ris de plaisir. Je ne suis pas la seule à être étourdie et un peu gauche face aux nouvelles techniques de communication. Voilà un point commun !

Il a commencé à me téléphoner très souvent, à me faire la cour, une période délicieuse. Il est intarissable, me demande de continuer à le vouvoyer, cela m'amuse. Il aime délibérément établir une distance, comme pour me rendre un peu plus inaccessible. D'ailleurs plus tard il me dira : « Résiste-moi ». Trop de conquêtes trop faciles ? Ou simplement ce désir complexe de quelque chose que l'on ne peut atteindre ? Le fossé est déjà là sans que je m'en aperçoive. Mais est-ce si important ? Je décide de lui écrire. Toujours ce besoin de consigner. « Fleur bleue » disait mon père. Peut-être que je lui apporterai ses feuillets crayonnés. Il n'a pas l'air pressé de les lire, ça me vexe un peu. L'écriture engage, c'est un peu tôt. Il reste parfois de longs moments avec moi au téléphone après avoir fermé son cabinet. Sa femme l'attend, ne comprend pas que la ligne soit occupée. Le *clash* inévitablement se produit :

— Désolé, ne m'appelez plus, j'ai dit à ma femme que j'avais une maîtresse.

— Mais vous êtes fou, d'abord je ne le suis pas.

Il rit, déjà sûr de lui. Je maudis son imprudence. Il me rappelle deux jours plus tard, tout recommence comme avant.

Calcul ou immaturité ? La voix de mon intuition s'est tue, peut-être n'ai-je pas su l'entendre ? Trop vulnérable à l'époque face au drame qui se jouait dans la maison de mes voisins et amis ? Besoin de me sentir vivante face à cette maladie tentaculaire qui grignote les organes et avance inexorablement de sa démarche de faucheuse ? Trop passionnée ? « Tête folle », disait ma mère. Je suis un mélange d'audace et de timidité, de réserve et de non-dits.

Tous ces mots que nous avons échangés sont-ils le fruit de mon imagination ou font-ils partie d'instants vécus ? Fantasme, réalité, tout s'emmêle et se chevauche. Retracer ma vie, la moduler me libère de ces murs, de ce temps qui s'étire à l'infini et de la folie qui me guette.

Serais-je internée ? Je ne vois jamais personne. Pourquoi ? Pourtant la présence rôde, me frôle, respire, je sens un souffle chaud sur ma nuque, je me raidis, j'ai la gorge en feu, je vais hurler. Un liquide frais coule dans ma bouche, apaise ma soif, je déglutis.

Qui es-tu ?

16

Petit chéri,

Non, inutile de faire le coq, cela ne présage en rien de l'avenir, c'est juste que ce soir, j'ai très envie de vous caresser de mots tendres. À l'évocation de votre seul nom, mon corps entier s'embrase, l'insomnie me gagne, c'est absurde, disproportionné. Mon souhait d'entendre votre voix n'a d'égal que ma frustration de vous savoir loin. J'aimerais être près de vous, tout près de vous. Le charme peut se rompre à tout moment d'un côté comme de l'autre, je deviens empruntée. « Prenez-moi dans vos bras, chut, ne parlez pas, ne bougez pas. Je voudrais seulement comprendre le genre d'homme que vous êtes ».

Camille

Chère Camille,

Difficile de traduire par des mots l'état dans lequel je me trouve. Beaucoup de sentiments, un certain mal-être et une grande solitude. Je ne pensais pas me retrouver fragilisé comme un jeune homme, Cette rencontre avec vous a fait de moi un adolescent, rien n'est normal, habituel, les règles sont différentes, ce qui doit expliquer la faiblesse dans laquelle vous m'avez laissé. Cette expérience est trop unique, je n'étais pas préparé, j'ai oublié de me protéger et n'ai fait qu'avancer avec mes certitudes. Crétin, naïf, le coq s'est fait plumer.

Gerry

Repliée sur mon lit, dans ma fièvre, je chuchote des mots à son oreille : « J'aime réentendre votre message à peine audible, le timbre en est si peu assuré, la voix se fait si petite, toute petite, l'émotion la brouille. Je suis plus lâche, *ciao*, c'est simple, sans équivoque, ça m'arrange. » Je pourrais aussi bien vous dire : « Bonsoir petit chéri, je vous embrasse sur le coin de la lèvre, l'effleure encore et encore, sens votre souffle sur ma nuque, me blottis dans vos bras, vous mordille l'oreille, porte ma bouche à l'endroit le plus sensible de votre anatomie et m'y attarde voluptueusement ».

Je n'aime pas le mot maîtresse, il est laid, je ne comprends pas comment on peut l'accoler à des moments si charmants. Je ne veux pas l'être, mais je veux bien que vos yeux me caressent, que nos regards se fondent, que tout mon corps frémisse, que doucement vous commenciez à me déshabiller alors que mon corps chavire. Pas de panique ceci n'est qu'un exercice de style.

Ce soir, vous êtes un homme, j'ai aimé cet homme, sa voix raisonnable au moment où il se disait si fragile mais lucide. Aimé, oui, je n'ai pas d'autres mots à ma disposition, apprécié est trop faible, trouvez-m'en un autre, maintenant j'ai plus peur de vous que de moi, n'inversez pas les rôles, et surtout, surtout, ne m'appelez plus ma chérie au débotté sans me prévenir, ce n'est pas fair-play du tout.

17

Trois jours, nous allons nous retrouver, je crains ces retrouvailles. Je préfère une fois de plus fuir la réalité, continuer d'écrire des lettres tendres, en incorrigible romantique que je suis, mais je suis aussi un « taureau » qui fonce tête baissée, droit dans l'obstacle. Dans le train, avec mon long manteau redingote et mon chapeau parisien, je suis heureuse mais très tendue. Et s'il me trouvait laide ? Peut-être même vieille ? J'ai tout de même quelques années de plus que lui, sans faire cougar ce n'est pas dans les normes. Un long mois s'est écoulé depuis mon départ, il m'a sûrement idéalisée, embellie. S'il était déçu ? Le contrôleur m'a trouvé une place au confort de première classe et son regard me rassure sur ma beauté. Je suis prête, mais à quoi ?

J'arrive plus tard que prévu, j'ai loupé mon train, je ne savais plus comment m'habiller ! Il est tard, le quai désert est déjà sombre malgré les néons. Je descends seule la petite pente, me retrouve au point de rencontre. Quelques voyageurs déambulent, je me sens différente, un peu déplacée, scrute les quelques jeunes hommes, je ne l'ai peut-être pas reconnu. Le temps s'écoule, je tourne, virevolte, un voyageur me regarde avec insistance, il doit se demander qui je peux bien attendre. Je l'aperçois enfin sans être vraiment très sûre, lui jette un regard rapide. Il s'avance, l'air nonchalant, avec un sourire, alors délibérément je lui tourne le dos et, prise de panique, pars dans la direction opposée. Mais très vite, une main sur mon bras me fait pivoter :

— Bonsoir, désolé du retard, j'attendais de l'autre côté.

— C'est pour les départs.

— Je ne savais pas.

Je ris, heureuse. C'est bien lui. Un grand corps mince, le cheveu brun souple bouclé aux pointes, la démarche particulière un peu chaloupée, le pas paresseux qui musarde comme les mots qui traînent sur la dernière syllabe, la bouche sensuelle sur un sourire prometteur, les yeux rieurs sur un regard qui se pose et vous explore sans vergogne, un parfum qui flotte après son passage comme celui d'une femme. Il ne m'embrasse pas, mais prend mon bagage.

— Vous êtes très élégante, je vous aide ?

Nous nous dirigeons vers le parking, échangeons des banalités, montons chacun de notre côté. Il ne m'ouvre pas la porte. Je m'assois, croise haut les genoux sur ma jupe bourgeoise mais courte pour montrer mes jambes.

— Vous n'avez pas mangé, je suppose, on va quelque part ?

— Si vous voulez.

La brasserie est très quelconque, tout est déjà fermé à cette heure. Les frites sont grasses, le serveur nous regarde comme un couple illégitime, les lumières sont crues, nous n'avons pas vraiment faim. Il essaye de me faire parler. Incapable de répondre, reprise par ma timidité, je lui tends les feuillets que j'ai écrits mais ils sont peu lisibles, il a du mal avec mon écriture. Nous finissons par en rire et en abandonner la lecture.

C'est une fois arrivé, tout phare éteint, dans la nuit qui nous enveloppe, qu'il m'étreint et m'embrasse. Il n'en finit pas de m'embrasser, l'entente est immédiate, délicieuse. J'en suis bouleversée. Il m'avoue son régal, une harmonie parfaite au premier toucher intime. Il ne s'est concentré que sur mes lèvres. Je pense à un retour de bal ou de rallye dans la plus pure tradition parisienne, le premier baiser du jeune garçon bien élevé qui raccompagne la jeune fille chez elle. Je lui propose d'entrer. Nous nous arrêtons dans la salle à manger, nous nous embrassons encore, je lui prends la main pour monter l'escalier :

— Venez

Il a un moment d'hésitation.

— Je n'avais pas pensé, vous êtes sûre…

Il me suit jusque dans la chambre. Là, je ne sais plus très bien. Le changement de lieu a brisé le charme de l'intimité que nous avions créée dans la voiture. La lumière me gêne mais je ne pense pas à la baisser. Je me sens prise au dépourvu, tout embarrassée. Je lui demande de tourner le dos quand je me déshabille, ce qui l'amuse prodigieusement. Il propose d'éteindre la lampe, je ne veux pas, hors de question de se retrouver dans une situation conjugale. Il me regarde et brusquement il comprend. Il me serre dans ses bras et toutes mes appréhensions tombent d'un coup, je me sens bien tout de suite, il est délicat, prend toutes les initiatives sans jamais m'obliger. Je le suis dans tout, c'est une succession de plaisirs renouvelés. Il se fait tard, nous sommes un peu fatigués. Nous ne sommes pas sûrs de vouloir aller jusqu'au bout.

Finalement, je vais tout lui céder, dès le premier soir, tout était si simple, si naturel, notre désir si vif…

Il est resté en retrait. C'est donc si important pour lui de tout contrôler ?

18

Ces quelques jours, c'est comme un éclair de beauté et de lumière. Tous les soirs jusqu'à une heure avancée de la nuit, nous nous aimons totalement sans aucune retenue ni fausse pudeur. Je laisse ma sensualité s'ouvrir, je veux vivre une passion qui me porte au bout de moi-même. Gerry est devenu mon Nick fantasmé. Il est tout étourdi, c'est la première fois qu'il fait l'amour ainsi plusieurs jours de suite, plusieurs fois par nuit. Il est étonné de la vigueur de mes étreintes, de la force de mes cuisses et d'une telle douceur de peau, il adore mes lèvres qui lui donnent tant de plaisir. Il est en train de devenir terriblement amoureux, veut passer une nuit complète, se réveiller au matin à mes côtés : « En manque de vous, envie de vous, laissez-moi vous séduire. Vous me faites tourner la tête, mon manège à moi c'est vous. Vous me plaisez ainsi, ne changez rien. Merci pour la magie et la confiance. »

J'entends la musique du manège, la toupie tourne sur elle-même, les images multicolores défilent. Jusqu'à présent, vous vous êtes toujours conduit en invité, n'est-ce pas d'ailleurs le terme charmant que vous avez-vous-même choisi ? Invité de marque certes mais invité tout de même : « Entrez donc je vais vous faire de la place. Prenez-moi encore et encore, indéfiniment, sans retenue aucune. C'est bon c'est doux c'est inachevé cela m'apaise et me trouble beaucoup trop. Reposez-vous bien mon amour. »

19

Le repas avait été délicieux. J'avais hâte de me retrouver seule avec lui, mais il voulait prendre son temps. Il avait pris la grosse voiture. Je ne l'aime pas, les deux places avant sont nettement séparées et nous rejettent chacun de notre côté.

Nous décidons de passer par chez lui. Je suis heureuse de voir où il habite, de connaître son environnement. J'aime d'emblée l'aspect plus reculé et plus tranquille de sa demeure dans la pinède. Seule la petite colline, que je connais si bien pour l'avoir tant de fois parcourue, nous sépare ; il est possible en empruntant des petits chemins de la traverser à vélo en toute discrétion.

J'espère qu'il va s'arrêter en cours de route, je le lui suggère, fais quelques tentatives d'approche auxquelles il ne répond pas. Il reste froid et distant. Quand nous arrivons devant chez moi, il ne bouge pas, j'ouvre la porte, j'hésite et finalement sors de la voiture. La porte de la maison est fermée, je m'acharne sur elle puis tourne les talons et m'apprête à faire le tour de la bâtisse à pied. Il me laisse gravir le raidillon puis démarre et s'éloigne sans un mot, sans attendre que je sois entrée.

Je m'effondre sur le lit, les pins se rapprochent ça m'étouffe, le tronc est un cercueil, le cercueil est vide, vide d'amour, c'est le buste d'une femme momifiée, je suis momifiée, les murs rétrécissent, un cri strident, assez je n'en peux plus, tous ces bruits dans ma tête, des bulles, plein de bulles, Lui, Moi, deux ego qui s'affrontent, deux bulles, je dois réunir les bulles évanescentes. Le soir, j'ai trouvé les mots pour qu'il revienne vers moi :

— J'ai frotté très fort au gant de crin pour enlever toute la crasse.

— Votre peau n'en sera que plus douce, un vrai régal.

Le lendemain, nous avons passé un après-midi grisant à flirter dans la lande, à enjamber les massifs de fougères, à nous embrasser contre les pins, enveloppés de leur odeur. Je lui montre tous les coins secrets où j'aime me perdre. Il avoue qu'il adore le goût de ma bouche, nous faisons presque l'amour dans une hutte de fortune. J'avale ce souvenir comme un fruit mûr.

« Je t'aime, je t'aime, je t'aime, je t'aime, ne mettez pas votre main sur ma bouche, laissez-moi vous crier mon amour, que ces simples mots vous pénètrent au plus profond de votre être, que vous en reconnaissiez le chant quand je serai partie. »

« Vous avez fait de moi un être perméable, je suis inondé de vous, vous êtes partout, dans ma tête, dans mes yeux, dans ma chair, sur ma peau, sur mes lèvres. »

La lumière m'éblouit, je parcours le tunnel je veux rester dans la clarté je ne veux pas rentrer sous terre, chatoiement de la soie, halo fluorescent, je pénètre dans un monde d'or, tout rayonne, un phare éclaire ma route, la vie reflète ma luminosité je suis devenue une luciole, et si cette hutte était celle où je me trouve ? Je n'ai plus peur, je sais où je suis, dès que j'aurai assez de force je saurai ouvrir la porte, elle n'est pas très solide.

20

Mon amour,

Je reçois votre regard clair qui entre en moi tandis que votre bouche caresse mes lèvres intimes, elles se froissent et se défroissent telles des ailes frémissantes, mon corps vibre de cette douceur.

Je vous prends, vous tressaillez d'impatience je vous sens vivre, naître sous mes lèvres, petit être libre et autonome,

vous êtes doux et sucré, vous avancez, progressez en un tendre va-et-vient qui s'accélère, et ralentit comme un jeu,

je ressens ces vagues déferlantes de vie qui viennent et repartent, de plus en plus vite, grossissent, occupent bientôt tout l'espace, tu te heurtes à mon palais, tu gémis, tu cognes

alors je m'ouvre à toi, tu viens doucement, toujours plus avant, porté par ton désir, mon corps tremble sur cet instant qui n'en finit pas d'exister, tout doucement, au plus profond de mon être, tu viens te tapir enfin apaisé.

Votre Camille

21

Les lettres s'inscrivent, les mots dansent, se gondolent, rient, se moquent de moi et de mes peurs, je me caresse le nez avec la plume, ça chatouille, ça fait du bien.

Ma chérie

Il n'est pas possible de ne pas vous voir, vous êtes « l'ailleurs » dont me parle ma sœur, les insomnies observées par ma femme, « la fatigue » constatée par ma collègue, le « sourire charmant » attribué par mes patients. Vous aviez promis de m'épargner et je n'aurais pas dû vous faire confiance. Le nœud avec lequel j'ai vécu pendant deux semaines a disparu le temps de votre séjour, pour mieux réapparaître ce mercredi, vous m'avez drogué et je suis en manque, en manque de vous.

Gerry

Chéri,

Pour faire les premiers pas, j'ai dû violer une timidité foncière, une éducation qui n'a plus cours, et vous ai fait don de ma virginité physique, nous sommes donc à égalité dans la fragilité. J'ai confiance en vous quand j'entends votre voix, lis vos lignes, mais j'appréhende l'instant à venir. Je crains qu'une fois vos démons exorcisés vous refermiez la parenthèse. Mon amour, prenez-moi dans vos bras, rassurez-moi.

Camille

22

Comme aujourd'hui où je suis confinée entre ces quatre murs sans rien comprendre à ce qui m'arrive, j'ai une impression d'irréalité totale. Il me croit très détachée, me parle de mariage : « Quand est-ce qu'on se marie Camille ? » J'essaye de banaliser l'instant en un éblouissement purement physique, il ne me suit pas sur cette voie et s'exclame : « Un peu de sentiment, voulez-vous ? » Alors je m'engouffre dans cette brèche qu'il ouvre et me laisse prendre à sa fougue.

Du blanc, il m'éblouit, j'entre dans un chemin de lumière, l'orgue, les notes de la marche nuptiale, les tourterelles volent autour de moi, m'emportent, le vitrail explose et se referme, une porte claque, un air froid, qui est entré ?

La présence est revenue, elle ne m'effraie plus, je l'apprivoise.

Ma Camille,

De retour chez moi, le blues s'installe, mon ventre se noue et votre présence se manifeste, je cède et vous gagnez du terrain avec douceur et certitude. Je ne sais pas encore qui vous êtes mais vous avez trouvé la faille, je souris à l'idée de vous savoir inquiète à l'arrivée de ma femme. Ne pensez pas à la place qu'elle occupe mais plutôt à celle que vous êtes en train de gagner. En baissant les paupières, je vous vois, vous parle, vous écris, m'endors avec vous. Je vis ces moments de rêves que nous partageons et tous ceux qui nous attendent…

Mon téléphone sonne, c'est vous…

Gerry

23
Londres

Les lettres disent j'existe.

Créons-nous une nouvelle vie sur une terre étrangère.

Lui : « Ici, vous partagez mes nuits. Quand venez-vous me rejoindre ? Vous travaillez trop, vous devriez prendre une semaine avec moi. À quelle heure le train ? Des baisers au carillon. »

Je le rejoins : de 11 h à 5 h du matin. J'ai tout bravé pour le retrouver. Je ne pouvais supporter l'idée de le savoir si près, disponible, seul ; comme j'ai eu raison de voler cet instant, si bref fût-il.

Quand je suis arrivée à la gare, il n'était pas là. Comme toujours, il n'est jamais là où je l'espère. Il s'est fait pressant, se moquant des gens qui nous entouraient, j'ai reculé comme la première fois. Un peu gauches, attentifs l'un à l'autre, c'est la première fois que nous sommes ensemble pour une journée, une soirée, toute une nuit. Nuit courte d'un rêve éveillé dont nous avons retardé l'instant. Il s'est endormi très vite tandis que je veillais sur ses rêves. Gêné par mon regard il a fait une moue d'enfant et détourné son visage. Je chéris ce qui est déjà un souvenir.

Vous souvenez-vous ? De cette petite place découverte au hasard de nos pérégrinations, égayée par les fenêtres du bar aux rebords fleuris, le brouhaha des gens heureux qui partageaient un verre, leurs rires. Tu m'as serré contre toi, caressé la poitrine, les yeux dans les yeux. Ce temps suspendu n'a existé que pour toi et moi…

De ce banc où j'avais un peu froid… quand ta main s'est égarée…

De notre promenade tardive sous l'ombre étirée et fantomatique des grands arbres du parc quand le feu d'artifice a éclaté…

De notre baiser qui n'en finissait pas ce matin dans la brume envahissante de la gare, nous n'arrivions pas à nous quitter, j'espère mon amour qu'il est le premier d'une longue série sur les quais et dans les aéroports… qu'il est donc doux d'être aimé.

Journal de Camille 18 septembre 91

Je vous revois, nu, debout, à la fenêtre, de dos.
Tout mon corps frémit à cette évocation.
Je t'aime.

24

Ma chérie,

Me voilà enfin seul avec vous. Le choix d'un sujet est difficile. Je n'aime pas trop les règles ni sentir des limites. Et là, je tiens une idée ou plutôt votre idée : « N'essayez-vous pas de tout faire pour me rendre amoureuse ? » Ma réponse est sans aucune retenue : « oui ». Une relation seulement physique ne peut me satisfaire, alors pourquoi pas l'amour ? Je doute de notre amitié car je ne fais pas l'amour à mes amies et j'aime trop faire l'amour avec vous. Vous vous êtes offerte avec beaucoup de liberté, vous faire l'amour m'a paru naturel, limpide, simple et dangereux… Vous êtes très particulière, une partenaire de toujours, je suis dans l'état d'esprit d'un petit garçon, d'un tout petit garçon, mais vraiment tout petit, je n'ai jamais été aussi petit que ça. Des choses vont se passer qui vont conditionner mon état d'esprit dans les semaines à venir sans jamais remettre en cause les sentiments que j'ai pour vous. Restez ce que vous êtes, gardez-moi toujours, j'ai besoin de vous et si vous ne voulez pas m'aimer, laissez-moi à distance de votre jardin secret.

Je vous embrasse.

Votre Gerry

25

Il veut me voir. Je lui propose de le retrouver le lendemain, à vélo, sur notre petit chemin bordé de hautes fougères ; il n'a pas l'air convaincu, déclare qu'il viendra. Il pleut, je n'espère plus, l'heure du rendez-vous est passée. Et soudain, il est là, je le surprends, replié dans l'encoignure de la porte que j'ai laissée ouverte, trempé, en sueur, à l'abri des regards. Il s'excuse de son aspect, gêné d'être si peu présentable. Je m'en moque éperdument, lui essuie tendrement le front, découvre ses yeux verts… que je n'oublierai plus.

Et… je tombe amoureuse parce qu'on dirait un petit garçon, parce qu'il a gravi la côte pour moi malgré la pluie battante, l'heure tardive, le chemin devenu glissant et boueux. Il a abandonné toute sa petite famille pour me voir, juste ce court instant. Je m'assois sur ses genoux sur une chaise très inconfortable mais qu'il préfère au lit « pour ne pas salir », dit-il. Menteur, je comprendrai plus tard qu'il craignait de ne pas se contrôler. Nous n'en finissons pas de nous embrasser pendant quarante-cinq minutes sans nous lasser. Il me demande de m'asseoir sur le bord du lit, s'agenouille, m'embrasse sur d'autres lèvres et soudain alors qu'il se redresse comme pour prendre congé, il fait glisser son short, me plaque sur le lit, les bras en croix, la bouche sur la mienne, entre en moi profondément. À peine suis-je remise de l'attaque, déjà il se retire, se rhabille.

Je m'étonne :

— Mais ?

— Il faut vraiment que j'y aille.

Il me serre contre lui, ses lèvres chaudes sur les miennes murmurent « Laissez-moi devenir votre Nick ».

Tout mon corps inassouvi est en feu.

Je suis bouleversée par ce témoignage d'amour brutal. Sans le savoir, j'avais un si grand pouvoir sur lui, il avait si peur de me perdre qu'il avait voulu me montrer son attachement. Ce jour-là, Il m'a irrémédiablement prise dans ses filets. Toutes les preuves du balbutiement d'un grand amour sont contenues dans ces instants qui nous fragilisent l'un et l'autre. Gerry est mon Nick.

Je suis assise sur un rocher, la lumière filtre à travers les arbres, m'inonde, je suis protégée par l'ombrelle de vie, ombrelle fragile qui danse au gré du souffle d'air comme les voiles de mon enfance. Je me concentre sur mon travail, des milliers de *smileys* m'envahissent. Le sourire en banane, je me fraie un chemin dans cette nuée mouvante, l'un tombe décapité, les yeux révulsés, je fuis l'image d'horreur, me retrouve près d'un lac d'eau pure, vois mon reflet déformé, de ma bouche sort une grenouille qui saute entre les joncs, je veux bondir derrière elle pour qu'elle m'entraîne sur son attelage, loin du monde des hommes, je bondis de pierre plate en pierre plate, de nénuphar en nénuphar dans la propriété de Monet, je me fige sur une peinture, je ne peux plus rien atteindre, je suis prisonnière,

« L'Étang des nénuphars » me lance un clin d'œil, « je pourrais être utile à Mme de Neuville me dit-il, je suis la nuance champêtre que tu cherches. » Je lui souris, ravie.

J'ai chaud, ma chemise trempée colle à ma peau, la sueur glisse sur mon front, brouille ma vue, c'est un ruisseau qui coule, les écrevisses grouillent et ouvrent leurs pinces qui mordillent mes orteils, ça chatouille, je ris, où suis-je ?

N.Y. 15 septembre

Mais dis-moi, j'y pense, où en est ta romance avec Gerry ?

Serais-tu dans une phase galipette ?

Tu l'as enfin décidé et vous êtes partis en amoureux au diable Vauvert ?

D'où ton silence prolongé ?

Ça, ça me plaît bien, mais j'aimerais en être sûre.

Je t'en prie, donne-moi de tes nouvelles.

Je suis si inquiète.

Je t'embrasse,

Juliette

26

C'est curieux, c'est toujours le même phénomène, après un harassement physique, des douleurs dans tous les membres, des visions m'assiègent, je m'y perds, cherche à leur donner un sens, m'assoupis parfois et soudain de ce magma informe jaillit de façon fugace un souvenir parfois lointain mais toujours très précis. Un visage se penche, s'affine, c'est Juliette, ma demi-sœur.

Le physique d'une américaine, grande, bien charpentée, des cheveux courts, bruns, dynamiques, des yeux noisette bienveillants qui posent un regard de curieuse sur le monde, prêt à adopter l'humanité entière. Très bavarde, comme tante Clara, elle se pare d'un sourire-bouclier qui brave tous les obstacles. Elle dégage une santé insolente, pourtant derrière son front lisse, elle cache une blessure secrète. Adolescente, elle a failli mourir d'une leucémie. Depuis elle porte sur le monde un autre regard, boit la vie à grandes goulées, profitant de chaque instant. Chacune de ces cellules en connaît le prix. Juliette a toujours pris son rôle de grande sœur au sérieux, et bien que nous nous ressemblions si peu, nous aimons passer du temps ensemble. À son contact, j'ai tout appris de la vie. Étant plus âgée que moi de quelques années, elle expérimente la première, m'ouvre la voie, je n'ai plus qu'à suivre. J'aime Juliette.

Son travail d'acheteuse est très prenant, elle voyage beaucoup, enchaînant les heures sans pause, et profite de ses vacances pour évacuer cette fatigue accumulée. Je suis moins sollicitée. Le musée pour lequel je travaille me laisse beaucoup de temps libre et je limite volontairement les contrats en *free-lance* que je signe en tant qu'architecte d'intérieur, un travail que j'aime et qui met à chaque fois ma créativité à l'épreuve. J'aime trouver le décor et l'atmosphère qui correspondent à mon client et ne suis jamais plus heureuse que lorsqu'il sourit de contentement en le découvrant : « c'est exactement ce dont je rêvais ! Je me sens tellement bien ! » La dernière fois, c'est le cottage de Juliette à Cap Cod que j'ai aménagé, J'ai ouvert la grande pièce à vivre sur une large baie vitrée donnant sur la dune basse, laissant entrevoir la surface miroitante de l'océan. J'imagine volontiers ma sœur, mollement étendue sur le sofa, à l'écoute du bruit des vagues déferlantes porté par le vent, un livre à la main.

Au cours de mes vacances aux Caraïbes avec Juliette, je me suis réconciliée avec le plaisir de l'instant, du mouvement et du corps. Danse endiablée, moiteur, sueur, vertige et volupté, douce exaltation. Le mardi, ma sœur n'a pas voulu m'accompagner pour visiter l'île aux tortues sur un catamaran du club, elle a préféré se prélasser sur un transat face à la mer.

Sur l'île, le dépaysement est total, nous nous retrouvons dans un coin sauvage coupé de la civilisation, un bassin aquatique préservé où jouent des dauphins, des raies et des tortues au milieu de coraux multicolores. Un rêve de carte postale. Je n'émerge de l'eau que pour ramper en titubant vers un bouquet de palétuviers, dérangeant des crabes de sable, mon corps est un lac mouvant qui s'écoule dans les creux. Toute cette vase qui remonte, je dois écoper, clarifier ces strates qui se mêlent et brouillent ma vue, ma vie. La vase m'emprisonne, je n'arrive pas à avancer je secoue mon corps pour que la boue tombe au fond, que les crabes se reflètent, que l'œuf enfermé émerge et s'ouvre comme un bouton de rose qui s'épanouit à la vie.

Je rejoins le bateau à l'ultime minute, j'aurais préféré rester là, engloutie, oubliée. Sur le pont, je me réfugie à l'arrière dans ma solitude pendant que le petit groupe chante à l'avant au rythme de la houle qui fait tanguer le catamaran. Je sors mon crayon, mon cahier, je t'écris.

Journal de Camille 15 mars 92

Pauvre chéri, tu travailles et je farniente sur la plage. Nous nageons, palme contre palme à la découverte des merveilles sous-marines. Allongée sur le sable, épuisée par mes errances tu te tournes vers moi d'un air coquin. En remontant la dune de verdure, un bernard-l'hermite étonné nous barre la route au seuil de notre paillote ; tu me soulèves dans tes bras, en riant, comme pour franchir un terrible obstacle, j'en profite pour prendre ta bouche et m'y fondre.

27

Je suis revenue de ce séjour pleine de joie et de confiance. Juliette me fait du bien. Elle est si concrète, si réaliste, les deux pieds bien ancrés au sol, tout mon opposé. Je me suis immédiatement attelée à tous les travaux restés en suspens en mon absence chez mon amie Béatrice.

Une amitié d'enfance nous lie et depuis quelques mois je descends plus souvent dans les Landes pour lui apporter mon soutien. Avant que le « crabe » ne s'en mêle, nous avions initié une rénovation d'une partie de sa maison, un étage occupé par un immense grenier ainsi que sa cuisine pour qu'elle donne de plain-pied sur le jardin. Très éprouvée par la maladie qui l'a prise de court, mon amie est trop fatiguée aujourd'hui pour s'en occuper, mais elle aime choisir elle-même les matériaux que je lui propose, les couleurs d'ambiance, cela lui redonne de l'espoir et l'aide à se projeter dans un futur. Bien souvent, ces réunions de chantier se transforment en bavardage léger et en courtes promenades à petits pas dans le jardin. De retour, je lui fais des soupes et des gâteaux dont elle est si friande. Elle aime aussi que je lui fasse la lecture, ma voix l'endort. Tous les trois jours, je l'aide à se laver les cheveux, car elle est très coquette, et je ramène en tresse sur ses tempes les longs cheveux bruns qu'elle a réussi à garder en dépit des traitements.

Quand mon amie se repose et que son mari prend le relais, je pars faire de grandes balades à vélo au milieu des fougères, gravis la dune à pied et reste des heures, allongée sur le sable, à contempler la mer. Quand je rentre à la nuit tombée, je me mets au piano. Mes mains courent sur le clavier, accrochent une touche, repartent. Je les laisse vivre comme des chevaux sauvages qui galopent au gré de leur fantaisie et souris de contentement.

Quand le menuisier est venu, il a enlevé la porte de la cuisine et mis un contre-plaqué immobilisé par de grosses barres de bois. La voie vers le soleil et la lumière a disparu, et le vent de liberté n'a plus que des interstices pour filtrer. Le souvenir de cette cuisine murée me renvoie à ma cellule.

Je lève la tête vers la lucarne, mais les barres de métal me découragent. De mon lieu d'enfermement il me semble entendre le bruit du ressac, roulement sourd des vagues de l'océan sur la plage, mouettes qui piaillent, battement rapide de leurs ailes, sifflement de l'air entre leurs plumes, tous ces bruits furtifs qui résonnent, illusion ou réalité ? S'ils résonnent si bien dans ma tête, c'est que la mer est peut-être tout près ? Si je pouvais me lever, tenir debout, aller jusqu'à la plage. J'y trouverais du secours.

Depuis combien de temps suis-je dans ce lieu insolite ? S'ils essaient de me joindre et que je ne réponds pas, ma famille et mes amis vont s'inquiéter, se mettre à ma recherche. Une lueur d'espoir me traverse. Je me lève, j'ai le visage en feu, mes membres tremblent de fièvre. Il faudrait que j'essaye d'atteindre la porte, que je tente de l'ouvrir. Je titube, j'y parviens tout en me tenant au mur, ma main sans force pèse sur la poignée qui résiste. Prise d'un étourdissement je chancelle, glisse à terre et c'est à quatre pattes que je retourne vers mon lit.

28

Le dragon que j'abrite est revenu. Il me tire en arrière, me retient enfermée dans cette cellule, m'oblige à retourner dans l'utérus de ma mère. Je lutte, je veux sortir, je veux vivre.

J'aime la vie, je veux la boire, boire des yeux la rosée du matin, sentir la chaleur du soleil sur ma peau, danser sous la pluie tiède, entendre la chouette sous la lune, réentendre les voix, les voix de mon enfance, même à travers les voiles blancs ; je ne veux plus de ce noir, je ne veux plus de cet emprisonnement, je ne veux plus de ce silence infini. Je veux retrouver la jouissance de mes sens. Je ne veux pas rester la passagère du side-car bosselée par la vie.

Le silence... c'est peut-être ce qui me fait délirer aujourd'hui.

Ce silence m'emplit la tête. Il a plus de densité que le bruit de la circulation dans Time square à New York, que la sono assourdissante d'une boîte à Pigalle, que les bavardages excités de jeunes filles qui partent au bal et qui résonnent dans le salon même portes fermées, que l'envolée des goélands qui s'appellent et se rassemblent au-dessus de l'océan quand la marée descend, que les cris aigus des tous petits dans la cour de récréation, que l'écho des tam-tams et de la joie dansée d'une tribu africaine, que le barrissement des éléphants dans le

Serengeti, que le chien qui a hurlé à la mort après l'accident quand je suis passée en voiture avec l'urne d'un cousin sur les genoux, que le glapissement des hyènes aux yeux jaunes qui détalent dans les fourrés à l'approche du chasseur ou que les cris perçants des corneilles au-dessus du toit de la petite maison rose et ocre aux volets bleu vif de mon enfance.

Pour ne plus entendre ce silence, je le meuble d'images, de voix, de souvenirs. Ma tête bourdonne de conversations confuses, inaudibles qui m'emplissent, me pénètrent, m'enferment dans ma folie. Je voudrais les arrêter, je me bouche les oreilles, mais les voix continuent, implacables. Je ne suis plus qu'un corps qui geint et se tord sur le matelas, tout entortillé dans les draps. Le battement régulier du lit des voisins cogne contre le mur et résonne avec acuité dans ma tête, ils s'accouplent comme des lapins. Tout se confond, le mur d'en face danse, se gondole, s'arrondit, s'allonge, s'amincit, comme s'il jouait aux miroirs déformants, un tapis de fleurs émerge me rappelle quelque chose de précis que je n'arrive pas à nommer, je monte sur le tapis qui s'envole, je m'échappe, de là-haut je me vois enfermée.

À mon réveil, le mur ne bouge plus… Un tableau, le dos d'une femme nue, un miroir. C'est lui qui me joue des tours et démultiplie mes sensations comme s'il m'en nourrissait, il les fait vivre dans un monde parallèle, derrière mon reflet, derrière les apparences, derrière la femme nue. La vision du tapis de fleurs avec laquelle je me suis endormie s'impose à mon esprit. Je me souviens maintenant où c'était. J'ai vécu ce moment-là. C'était dans la banlieue parisienne, un quartier qui « craint », une certaine partie des Lilas.

29
Remi

J'ai rencontré Rémi lors d'un séminaire de yoga. Il m'initie à la méditation, je l'initie à la langue anglaise Une communauté intellectuelle s'est tissée entre nous et nous aimons échanger sur nos lectures respectives. Par un jour de beau temps, il me propose de passer la journée dans la maison de sa tante Julie, aux Lilas.

C'est une maisonnette de briques rouges et faïences bleues avec un portail pervenche, flanquée d'une ancienne usine à bois désaffectée, éventrée, devenue lieu de refuge des SDF et un vieil immeuble bas en démolition. Devant la maison, quelques tulipes rouges se dressent, solitaires, dans les parterres envahis d'herbe. À l'arrière, des violettes odorantes et insolites, racées et d'une couleur profonde, cohabitent avec des myosotis et des jacinthes très bleues. C'est comme un îlot à part, hors du temps.

Nous mangeons sur la table couverte d'une vraie nappe provençale, face à un parc dont on aperçoit les arbres au-delà de la rue. Les voitures passent comme des fantômes, le bruit de leurs moteurs coupé par le double vitrage. C'est une dînette simple et agréable. J'aime me retrouver dans un environnement insolite, faire irruption dans la vie d'une absente, l'imaginer courbée sur son vieux poêle et fumant ses clopes avec la cendre qui tombe par terre ou assise sur le vieux fauteuil de cuir un peu affaissé, le *Petit parisien* dans la main, les lunettes au bout du nez. À l'étage, je découvre la chambre livrant sa tapisserie fleurie, son lit 1900 et sa courtepointe vert pomme. Je m'endors immédiatement, dans le froid, recroquevillée, un livre de recettes de desserts au chocolat dans la main.

Quand je m'éveille, l'après-midi est déjà bien avancé. Rémi propose de me masser. Confiante, je m'abandonne à ses mains expertes mais très vite, elles se perdent. Les quelques heures intimes passées ensemble ont sans doute éveillé sa libido et changé la donne entre nous. Je me redresse un peu brutalement, nous nous regardons, il s'excuse, très embarrassé : « excuse-moi, je croyais… ».

Nous sommes repartis comme nous étions venus, rien ne trahissant les quelques heures que nous y avons passées, laissant derrière nous la courtepointe du lit bien lissée, un air confiné, le jardin en proie aux herbes folles et des volets clos sur nos belles rencontres amicales.

M'aurait-il enlevée ? Serais-je dans la maisonnette de sa tante Julie ? La pièce où je me trouve aujourd'hui ne cadre pas avec mes souvenirs, mais sont-ils réels ? Peut-être aussi que je n'ai pas vu à l'arrière un abri de jardin ou au sous-sol, une pièce aménagée ? Il m'y aurait conduite, comme pour une répétition ? J'ai du mal à y croire. Mais il faut reconnaître que depuis que je vis seule, je rencontre beaucoup de monde, sympathise avec les uns et les autres, prends pour argent comptant ce qu'on me raconte, sans trop approfondir. Je peux être très crédule, faire preuve d'inconscience. Cela ouvre un large champ de possibles. Il faudrait que je dresse un inventaire de ces rencontres, de mes folies. Comment dresser une liste fiable à partir de souvenirs flous, déformés et fantasmés ?

30

Il y a eu le chagrin, les larmes. La mort rôde. Elle va m'enlever l'être qui m'est si cher. C'est inéluctable. Je voudrais le soutien de mon bel amant si distant, le faire rentrer dans le cercle des intimes. Il ne le souhaite pas encore. À la place, il m'offre l'absolu. Je le lui ai demandé sans trop y croire : « Dans l'absolu, j'aurais aimé me retourner, que vous soyez là et que nous fassions l'amour sans un mot, ce moment de vie je l'aurais dédié à elle, mon amie, boule d'amour et de tendresse qui fut si vivante ».

Minuit.

— Je peux venir ?

Ensommeillée, sans comprendre :

— Oui. Où êtes-vous ?

— À côté de chez vous.

Je n'ai même pas regardé l'heure, j'étais à moitié nue, comme d'habitude, j'ai vite enfilé un boubou que dans ma hâte je mets à l'envers, ne pensant qu'à la porte close, car je vis comme une recluse depuis quelques jours. Il est déjà là, il fleure le parfum que j'aime et moi la moiteur du lit, du sommeil et des larmes, les cheveux ébouriffés.

Il a pris ma bouche, puis très vite m'a assise sur l'évier, m'a bu goulûment, pris son plaisir, tournée et retournée, sans jamais conclure l'entreprise. Je ressens comme une brûlure, il m'a empêchée jusqu'à l'ultime minute de le caresser. Il ne veut surtout pas s'abandonner. En dépit de son regard clair d'homme heureux, j'ai le cruel sentiment que c'est auprès de sa femme que, tout à l'heure, il atteindra la plénitude.

Mon estomac se noue. C'est insoutenable, j'ai mal au cœur, j'ai envie de vomir, je me penche dangereusement, le sol se rapproche, je rejette tout en bloc. Qu'y a-t-il dans l'eau que je bois ? Et ces marques sur mes bras ? Je retombe exténuée.

Le silence s'est installé, ce silence qui me blesse tant, qui s'est abattu dans la maison d'à-côté et dans mon cœur qui croyait battre à l'unisson.

Un bruit d'eau. C'est quoi ? De l'eau qui clapote ? Qui prend son bain ? Il n'y a pas de baignoire, que de l'eau qui clapote, je creuse ma propre tombe, le centre de la Terre est rempli d'eau, il y a plein de grosses corneilles qui tournent autour, les horribles charognes, elles m'attendent. Je me noie, je me noie dans mes peurs, je m'enfonce dans ce trou sans fond, je glisse, dérape, la pluie sur mon front, les mocassins qui crissent sur les aiguilles, deux yeux luisants qui me regardent, je sombre.

31

Dans ma vie, je fais comme le petit mulot de ma cellule. J'apparais, je disparais, ne rentre pas dans l'existence, suis insaisissable, telle une anguille qui vous glisse entre les doigts. Je ne m'affirme pas, ne prends pas ma place, celle qui m'est due, celle qui m'attend. Je suis restée la petite fille dans la Jeep, fais le moins de bruit possible pour qu'on m'oublie. Quand je sors de mon immobilisme, je le fais à contretemps et cours vite me réfugier dans ma coquille. Je deviens tortue, pattes et tête rentrées pour mieux me protéger des coups que j'attends. Pourtant, j'aime tellement la vie que je voudrais la brasser et m'y engloutir pour mieux émerger et me ressourcer. J'ai horreur des affrontements qui évoquent sans doute des souvenirs douloureux : les colères célèbres de mon père qui faisaient trembler toute la maisonnée, chien et chat inclus. Je préfère fuir ou faire l'autruche, la tête sous la couette, une autre forme de fuite. C'est comme cela que je suis restée accrochée à mon mari, parapluie protecteur troué qui maintenait l'illusion. Lui dans sa tête était parti depuis longtemps.

Très différente, ma demi-sœur brave les obstacles et si elle part, prend résolument une autre voie. Elle n'a pas besoin de méditer pendant des heures pour savoir que tout change, que chaque seconde, des millions de cellules de notre corps meurent, et à peine avons-nous ébauché un geste qu'il appartient déjà au passé. Comment l'absolu pourrait-il perdurer ? J'entends sa voix : « Vis l'instant, remplis tes sens, ton corps est un magasin qui regorge de bocaux de bonbons multicolores, ceux dans lesquels nous plongions la main pour sucer des moments de bonheur. Tu te souviens de l'épicerie de madame Rose ? Quand nous étions petites, à Reuilly ? ». Je souris à cette évocation, ces pilules d'ecstasy, j'en possède un stock, à moi de puiser dans ce trésor, de redevenir une petite fille. Mais en suis-je encore capable ? Contrairement à Juliette, je veux vivre l'absolu à chaque instant tel un enfant insatiable. Je n'arrive pas à admettre qu'il peut apparaître mais seulement de façon fugace, comme un éclair qui vous traverse.

Je n'ai toujours pas accepté l'échec de mon mariage. Il va revenir, il ne peut en être autrement, je continue de croire en ma quête, en chemin je prends tout ce qui m'est donné, sans trier, je suis trop fatiguée pour trier, prisonnière de mon mouvement de pendule qui va et vient, constant, immuable.

Petite, j'ai failli me noyer, mes petits pieds battaient l'air tandis qu'une grosse bouée retenait le bas de mon corps prisonnier dans la belle eau transparente égayée de coquillages qui me fascinaient. Tout s'est assombri, je suis passée à l'état de pendule comme le pendu du tarot qui observe la vie la tête en bas. Présage de ma noyade d'aujourd'hui ? Je continue d'osciller dans l'inaction, en dehors de la vie, mes pensées se cristallisent, un cristal lisse aux arêtes vives, lieu obscur habité de peurs, mes peurs qui s'accrochent comme des chapeaux chinois et ne veulent pas me lâcher.

32

Après Londres et Bruxelles, nous devions nous retrouver à Paris. Je voulais réitérer la parenthèse délicieuse de ces escapades, vivre à nouveau quelques jours dans le jardin secret que nous avions initié. Je voulais aussi m'éloigner des Landes et des souvenirs douloureux de ces derniers jours depuis la disparition de mon amie. Ce soir-là, nous avons dîné dans un petit restaurant de la rue de Mont Thabor. Le lendemain, je lui organise une soirée parisienne de charme, où tout est parfaitement orchestré : une pièce à succès, un dîner dans un restaurant en vogue, une promenade romantique sur les quais de Seine. Sur le chemin du retour, il affirme tranquillement :

— Je n'aimerais pas vivre avec vous.

Puis il ajoute comme pour adoucir cette remarque :

— Ce cadre parisien ne me convient pas.

Les deux jours qui suivent, il se moque de mes changements de tenue, de coiffure, de mes yeux trop maquillés, n'a aucune indulgence vis-à-vis de cette amoureuse que je suis devenue et qui un soir, lui procure tant de plaisir ; je ne suis que tendresse et il me traite comme une fille de petite vertu, avec mépris, condescendance : « J'aimerais bien voir la tête que vous faites en ce moment ». Il me laisse partir sans un mot, sans un geste, sans un regard. S'il avait pu se fondre dans le mur, il l'aurait fait.

Le lendemain, il me remercie du plaisir pris : « Je considère avoir été victime d'un viol à caractère aggravé hier soir. »

Mots d'amour masqués que je ne comprends pas. Je le revois couché, sourire satisfait aux lèvres, semblant indifférent à ma présence, à mes sentiments, à mes désirs. Je me suis sentie comme un animal sous l'œil observateur et détaché d'un naturaliste devant les créatures qu'il étudie. J'en ai déduit à tort qu'il me rejetait alors qu'il se protégeait. Il avait revêtu un masque, les mêmes masques qui se penchaient perplexes, sur mon berceau de nouvelle née. C'était tout sauf de l'indifférence. Comment comprendre cela lorsqu'on le vit sans filtre ? Les blessures utérines sont indétectables. Nous nous sommes sentis tous deux incompris, tout à nos peurs, envahis, engloutis par elles. Ce n'est pas la première fois. La luminosité qui baignait notre relation s'est voilée et la passion des échanges a tiédi par un excès de protection. Le décalage dans nos attentes respectives dévoile un château de cartes qui tangue sur ses fragiles fondations.

À mon retour, je lui envoie ces quelques mots :

« Non, je n'étais pas un service d'hôtel, j'ai agi par amour pour vous, sans expérience préalable. Et osez dire que vous n'avez pas éprouvé du plaisir jusqu'à faire l'amour malgré vous ! Je ne suis pas responsable des sentiments que vous avez pour moi et que vous vous obstinez à ignorer. » Il ne répond pas.

Une échelle, je monte sur une échelle je vais pouvoir m'enfuir par le toit, c'est fermé la trappe est fermée je tombe, j'ai mal, je saigne, qu'est-ce que je fais par terre ?

33
26 janvier

Je ne suis parisienne que par convenance professionnelle. La vraie Camille c'est celle des Landes, la sauvageonne enjouée, libre et indépendante, une gourmande qui croque la vie. Vous êtes rempli de désir mais vous hésitez à ramasser la balle ; laissez-la donc à terre si ce don encombrant, cette complication banale, doivent tant vous peser. Petits instants volés, grands bonheurs fugitifs, ils peuvent être nôtres, il suffit de les apprivoiser. Si je suis « votre talon d'Achille », cajolez votre faiblesse, acceptez-la ; en la brisant avec impudence, vous me brisez avec elle.

Je vous embrasse.

Camille

« Vous seriez libre cette nuit ? »

Nous nous retrouvons sur son lieu de travail. Voilà qui n'était pas prévu et m'enchante. Mais très vite, il me blesse en exigeant une protection. N'aurait-il plus confiance en moi ? Ou aurait-il d'autres partenaires ? Comme un enfant boudeur, il se ferme et refuse de s'expliquer. Devant son mutisme, je ramasse les tenues coquines que j'ai apportées pour le surprendre et lui plaire. Son regard est dur : « Je ne vous ai pas demandé de partir, vous vous punissez vous-même ». Je me lève et m'en vais sans un mot, une automate qui bat en retraite.

Je comprends aujourd'hui que mettre une protection était pour lui se retrouver hors du territoire conjugal. Elle lui permettait de faire reculer sa culpabilité. Je n'ai rien vu de cette subtilité.

Pour la première fois, je ne me sentais coupable de rien, tant que cette joute sexuelle revêtait son habillage amoureux qui la rendait belle, fraîche et pardonnable.

34

Chéri,

Je n'arrive pas à endiguer ces flots qui me portent vers vous, un besoin absolu qui s'impose. À l'appel de votre voix, mon être entier n'aspire qu'à me fondre en vous. Nous pourrions parcourir la campagne colorée, pédaler de concert sur des sentiers forestiers, allumer des bougies dans la petite chambre, vous déverseriez vos doutes et votre mal-être d'homme et je vous ferais oublier votre peine. Votre silence s'est densifié. Aujourd'hui, j'aurais aimé franchir la porte de mon jardin secret avec vous en murmurant les mots que je m'interdis d'écrire Avez-vous lâché ma main ? Je suis perdue…

Votre Camille, pleine de doutes

À réception de la lettre, il m'appelle : « Combien vous m'aimez ? »

Prise de court, je lui ai demandé : « Et vous ? »

Il y a eu un silence… J'ai pris une profonde inspiration…

— Pourquoi nous avoir mis sur la voie du mariage et de l'amour si cela était si difficile pour vous ? Nous pouvons rester amants au gré de nos libertés respectives. Le bonheur est là à portée de main, si simple, sans blesser personne, en satisfaisant pleinement les manques respectifs de nos vies quotidiennes.

— Mais je suis sincère Camille, j'envisage vraiment de tout quitter pour vous. Cela n'est pas si simple, laissez-moi du temps.

Je décidai de lui en donner.

35

Nous donner du temps, c'était la raison même. Je m'étourdissais de cinémas, d'expos, de musées, en compagnie de mon amie et complice de toujours, Garance. Quand nous sommes ensemble, nous oublions le temps qui passe, il fuit malgré nous. Nous investissons chaque minute, nos fous rires fusent, éclairent notre journée et laissent nos amis médusés. Nous avons les mêmes penchants artistiques et avons créé entre nous un espace d'échange et d'ouverture pour enrichir nos créations respectives. Cela se fait tout naturellement. Chacune apporte à l'autre des idées nouvelles, un autre point de vue, un nouvel angle d'attaque. Pendant longtemps, Garance a été dans l'édition, puis directrice de théâtre, aujourd'hui elle est metteur en scène. Elle a toutes les qualités d'un grand gestionnaire, l'esprit de synthèse, de l'intuition et un grand sens humain.

J'ai signé un contrat avec un marchand d'art, un long mois me sépare de mon départ. Nous avons, avec Garance, décidé d'allier plaisir et travail. Après avoir arpenté les rues animées au hasard de nos caprices, nous nous sommes posées dans les galeries d'art de la place des Vosges. En fin de journée, leur contenu et celui des passages couverts parisiens insolites n'avaient plus de secret pour nous. Éreintées par tant de marche, nous nous sommes offert une séance de réflexologie. Après une dernière flânerie parmi les bouquinistes, le long du bord de Seine, nous avons dîné sur une péniche fleurie amarrée sur les quais, derrière Notre-Dame. Comble de plaisir, la virtuosité d'un jeune pianiste de jazz a rehaussé les saveurs de nos palais. Nous sommes reparties bras dessus, bras dessous, un peu pompettes. Nous nous sommes extasiées sur les cadenas du pont des Tournelles, puis avons exploré les boutiques encore ouvertes de l'île Saint Louis pour finir par un dernier verre de rouge dans un bar où curieusement se donnait un joueur d'harmonica dans la plus pure tradition de Montmartre, à croire qu'il était descendu de la butte rien que pour nous…

N.Y., 17 septembre

Hello, petite sœur,

Serait-ce ton démon de l'aventure qui t'a repris ?

Tu es loin ? Sans moyen de communication ?

Dans quoi t'es-tu encore embarquée ?

J'espère que tu reçois mes messages.

Je voudrais te parler de ce voyage à Londres que nous avons projeté.

Tu es toujours d'accord ? On en profite pour voir tante Clara ?

Ta grande sœur qui commence sérieusement à s'inquiéter.

Je t'embrasse.

Juliette

36
Tonio

En mars, je suis partie en Italie pour honorer mon contrat. Je devais trouver à Rome une galerie d'art qui pourrait accueillir la nouvelle collection de tableaux acquise par un mécène. Il voulait la faire connaître à de nouveaux marchés potentiels. Je courais donc les musées pour m'imprégner de l'art italien, rencontrer des conservateurs, élargir mon réseau. Dans les musées, toutes ces nudités de belles proportions, bien qu'un bon nombre aient perdu leurs attributs, m'ont fascinée comme jamais auparavant, me faisant sans doute penser à cette petite chose que j'aime tant chez Gerry.

Je n'avais guère de nouvelles de lui. Il me laissait de temps à autre des messages sibyllins ne jouant ni la carte de l'amant installé, ni celle de l'amoureux éperdu, ni celle de l'homme qui veut rompre les ponts. C'est comme si, épuisés par notre frénésie amoureuse qui avait bousculé nos vies, nous avions décidé de faire tacitement une pause pour décider d'un avenir incertain et plein de mystères. Un jour pourtant, j'ai essayé de le joindre et c'est une voix inconnue qui a répondu à mon appel. J'ai cru m'être trompée de numéro et appris que sa ligne professionnelle avait été réattribuée sans qu'il me prévienne. J'ai reçu cela comme un boxeur qui encaisse un swing inattendu, pliée en deux. C'est ce jour-là que j'ai cédé aux avances de Tonio, un bel italien, qui faisait très bon chic bon genre. Sa mère étant française, il parlait parfaitement cette langue et par son père, avait le charme irrésistible du Latin.

Avec lui au début, j'ai bien ri. Drague en boîte de nuit, jeune cadre dynamique sur sa moto, la quarantaine. Nous avons découvert que nous faisions pratiquement le même métier. C'est ainsi que, aussi surpris l'un que l'autre, nous nous sommes retrouvés face à face une semaine plus tard dans la galerie d'art. C'était lui que le conservateur du musée avait délégué pour m'aider dans mon entreprise. Depuis lors, nous nous retrouvions régulièrement tous les matins, il m'aidait à choisir les emplacements et les lumières pour chaque œuvre, tout en se montrant très empressé. Devant son insistance, trouvant la concordance trop belle et le silence de Gerry trop lourd à porter, j'ai fini par consentir. Il avait une garçonnière que je soupçonnais sous-louée à un ami. Il me demande d'apporter des tenues variées. À mon arrivée, il sort une bouteille de champagne du frigo. Il me plaît davantage que je ne le pensais. Nous buvons… beaucoup, surtout lui. Toutes les dix minutes, je change de vêtements, ça l'amuse énormément. Il émet des exigences, et finalement, nus, nous dansons un rock endiablé. Il est un peu maigrichon. II a tellement bu qu'il n'est pas très performant, gâche une protection, m'en demande une seconde, devient brutal, cela ne me plaît plus du tout. En personne bien élevée, je garde jusqu'au bout un ton seizième, courtois et poli, sans rien faire paraître de ma déception. Il revient à la charge quelques jours plus tard, je mets longtemps à céder, mais je cède… D'entrée de jeu, il déclare avoir peu de temps, boit presque toute la bouteille de chianti que j'ai apportée, est passablement très vite fortement éméché, devient violent comme la dernière fois. Il part en coup de vent, me demandant de bien claquer la porte en partant. Je le revois remontant son pantalon, cherchant sa cravate fébrilement. C'est risible ! A-t-il peur de sa femme ? Ce genre de fuite, je connais.

Notre travail en commun était fini à la galerie, il devait partir pour Milan. Cela m'a facilité la tâche. Il m'a appelée un mois plus tard pour me dire qu'il était séparé, que la procédure de divorce était entamée, qu'il allait venir s'installer en France, pourquoi ne pas nous revoir ? Pour couper court, je lui proposai de se retrouver à plusieurs, je venais avec une amie, lui avec un ami. Il n'a pas rappelé.

Ce Tonio était bien curieux. Un jeune cadre dynamique BCBG qui se transformait sous l'emprise de l'alcool jusqu'à devenir brutal. Il savait tout de moi. Est-ce lui qui, in fine, m'aurait retrouvée, séquestrée, pour se venger d'avoir été éconduit ou pour une raison plus obscure ?

37
Brahim et tous les autres

Arrêter de boire, arrêter le sexe. L'enragée qui est en moi me vide, tout se brise, les fenêtres sur la vie éclatent, je ne tiens plus debout, mon corps est une plaie vive déchirée de toutes parts, les morceaux sont éparpillés je ne peux pas les rassembler, je me sens avilie. J'ai pris des risques, me suis fait mal. Maintenant, je veux dormir, oublier. Comment vivre sans lui, sans eux ? Ils m'utilisent. Je me laisse faire, les crois, m'efface. Pourquoi ?

Après mon divorce, avant de rencontrer Gerry, j'ai multiplié les expériences. Il y a eu des jeunes et des moins jeunes, voulant se rassurer sur leur virilité, assouvir un fantasme, combler un vide, se sentir vivre ou étancher leur soif physique comme on boit une bière. Telle une péripatéticienne, j'ai stocké dans ma mémoire une petite palette de l'humanité et me suis surprise à observer mes rencontres en zoologiste cherchant à deviner un comportement. J'ai bien souvent été déstabilisée, prise à mon propre jeu. Aujourd'hui, je me pose la question : serait-ce l'un d'eux ?

Celui qui a menacé de se suicider en se jetant de la terrasse du restaurant des Galeries Lafayette si je ne répondais pas à ses avances ?

Celui qui, pendant nos ébats, regardait le match de foot à la télé ?

Celui qui atteignait l'orgasme en poussant des petits feulements de renardeau quand je lui pinçais le bout des seins ?

Celui qui collectionnait des jouets anciens dans un vieil appartement poussiéreux du 16e, sombre et inquiétant, lampes kitch projetant leurs ombres sur des vitrines de vieilles autos mécanisées, de poupées articulées et de berceaux d'osier enrubannés ?

Celui dont le sexe était au service d'envolées passionnées sur l'écriture de *Zig et Puce*, de *Bécassine* ou de *Nano et Nanette* ?

Ou Emilio, vrai goujat trois-pièces au pénis en berne ?

Ou Brahim, musulman algérien, qui habitait non sans humour un petit immeuble dans le quartier juif près de la synagogue ? Crâne rasé, volubile, il tirait sur son joint entre deux coups de boutoir et n'aimait pas rester nu. Peau épicée d'un plat des pays chauds, odeur de poivre. Cris rauques, main sur la gorge, très excité.

Aurais-je franchi la limite ultime, celle qui flirte avec l'autodestruction ? A-t-il fallu aller si loin pour me connaître ? Désir de vivre ce qui est interdit ? Est-ce la raison pour laquelle je me trouve ici ?

Je convoque ces visions enfouies dans mon inconscient. Je dois être rationnelle, dresser un procès-verbal, étayé de mes seuls souvenirs : Désespéré, maniaque sexuel, déséquilibré, obsédé, psychopathe, frustré, ils ont tous une propension à se conduire bizarrement. Mais lequel irait jusqu'à la séquestration ? C'est en connaissant la psychologie de celui qui m'a enlevé que je pourrais m'en sortir.

C’est trop dur, ma tête éclate. Les sables mouvants m’emprisonnent. Toute droite, la cage thoracique comprimée, je me vide de ma vie, je veux être amnésique.

38

Un bruit feutré. J'ai du mal à émerger. Je me sens si faible. Je me retrouve face aux murs droits et lisses, à la dureté de la réalité. D'où vient ce bruit ? Il se répète. Est-ce réel ou une nouvelle divagation de mon cerveau ? Je me lève avec difficulté en titubant. Je tâte le mur de la main, y porte mon oreille, un frottement léger, c'est cela qui m'a réveillée. En glissant ma main, je sens une targette sous mes doigts, la tire, la porte s'ouvre. La pièce qui se dévoile est petite. Je m'approche d'un miroir, ne reconnais pas ce visage fiévreux qui me regarde intensément. Il y a un lavabo, je me passe un peu d'eau sur le front. Il est brûlant. Ce simple déplacement m'a exténuée. Je me sens glisser et me rattrape de justesse au rebord du lavabo pour ne pas tomber. Dans le miroir j'entrevois Kiki dans le coin opposé, qui me fixe et m'épie de ses petites billes noires, serait-ce le frottement de ses pattes qui a attiré mon attention ? Je souris au miroir, me retourne. Le mulot disparaît. Je ne vois pas l'objet sur lequel je trébuche. J'aperçois des vêtements sur un tabouret, à côté des toilettes. Je les porte contre ma joue, ils sentent le frais, le dehors, je les respire voluptueusement. Avec des gestes d'une grande lenteur, je me dépouille de ma chemise trempée de sueur et de ma petite culotte, enfile péniblement le pyjama en cotonnade bleu, ample et doux à ma peau, puis retourne à petits pas vers ma cellule, d'une démarche d'ivrogne. Non pas vraiment d'ivrogne, plutôt d'une petite vieille. Non pas vraiment d'une petite vieille, plutôt d'une petite vieille encore bien droite qui aurait bu un coup de trop... Cela me fait presque rire. J'ai toujours aimé la précision.

J'ai dépassé le seuil de la peur. Je n'arrive pas à croire à cet enfermement. La pièce où je suis sonne faux, sortie d'un monde imaginaire, absurde, le mien. Ou est-ce l'inverse ? Il sonne tellement juste ! C'est comme un méchant gag. Une farce ? Se pourrait-il que tous les copains se cachent dans la pièce d'à-côté pour surgir et me crier : « Bon anniversaire ! » ? À moins que je ne sois prisonnière d'un conte, un de ceux que ma mère me lisait quand j'étais enfant. Je chevauchais mon imagination au fil des images qu'évoquait la lecture et quand le livre se refermait, maman m'embrassait sur la joue et la magie retombait. Tout redevenait comme avant, le lit sur la droite avec la lampe de chevet bleue, mon petit bureau avec mes cahiers d'école sur le côté, les rideaux de coton jaune bien tirés, et au centre le tapis moucheté de laine épaisse dans laquelle se perdaient mes pieds nus.

Je sais que les fantasmes n'ont pas de réalité mais à cet instant, ils en ont plus que la cellule dans laquelle je me trouve. Est-ce l'effet des drogues que l'on m'injecte, à mon insu ? Je ne sais plus que penser. Je suis un écheveau qui s'emmêle sur son fuseau.

J'aperçois une boule blanche dans l'angle du mur, la ramasse, la porte à mes narines, la respire. Immédiatement, je me sens planer, des taches de toutes les couleurs égayent ma vision, je souris de béatitude, me laisse happer, elles ondulent comme des vagues de chaleur, tels des mirages par-delà les dunes du désert.

39

Un jour, en fin d'après-midi, Gerry me surprend sur la jetée, le visage frappé par les embruns, face à un soleil couchant qui fait miroiter la crête des vagues.

Le portable à l'oreille, j'écoute sa voix :

« … Mais ce n'est pas facile, qu'est-ce que vous croyez ? Parce que je sais que ce sera bien… je rêve de vous constamment… ce n'est peut-être qu'un fantasme… j'aspire à être en vous… Je me sens coupable… Non, vous ne pouvez pas m'aider… j'ai un problème et je dois le résoudre tout seul… Je voudrais vous voir… être auprès de vous dans votre petite chambre… »

À des kilomètres de distance, je lui fais vivre son fantasme, murmure d'une voix douce :

« J'ai fait un grand nettoyage. La chambre est accueillante, elle fleure bon le lys frais, leurs pistils parfumés et charnus se tendent comme des lèvres gourmandes, les draps propres, bien tirés, incitent au saccage. J'ai soigneusement préparé mon corps, dans les détails les plus intimes, comme pour une fête, ma peau satinée invite à la caresse.

Soudain, vous êtes là, dans l'embrasure de la porte. J'interromps mon geste, m'immobilise, votre regard m'emprisonne. J'ai un drôle de pantalon en voile blanc transparent, que vous ne connaissez pas, attaché par des nœuds et relevé sur les chevilles, il découvre les lacets noirs de mes hauts talons. Vous entrevoyez le string en dentelle si minuscule que vous connaissez bien. Vos yeux rieurs découvrent deux seins qui pointent, à peine voilés par une mousseline verte, je suis une pomme que vous avez envie de croquer. Vous vous approchez, d'un doigt léger frôlez la peau nue de mon bras bronzé, elle est encore plus douce que dans votre souvenir, vous souriez, vous êtes heureux.

Nous nous regardons, nous avons tout notre temps.

Vous m'enserrez la taille, vous sentez la chaleur de mon corps contre vous, vous commencez à me couvrir de petits baisers pointus partout où la peau apparaît, mon corps plie sous vos multiples caresses. Je m'offre à vous.

Vous vous attaquez au nœud sous le nombril découvert, il se défait d'un seul coup sous l'assaut de vos dents, le tissu s'effondre à mes pieds, découvrant deux fesses toutes blanches, comme des phares, sur le haut de mes cuisses brunes. Vous riez de votre exploit, vous vous agenouillez pour les pétrir de vos lèvres qui attaquent le ruban dans le creux du dos, vous tirez d'un coup sec, cette fois tout le pantalon tombe, il n'est plus qu'un pantin blanc, vide, sur le carrelage rouge. Vous faites glisser le string. Je virevolte, votre visage se retrouve devant d'autres lèvres, toutes lisses, nues, gonflées, attendrissantes et rosées, terriblement tendres, un sexe d'adolescente.

Vous accrochez mon regard, je vous enserre les tempes de mes mains :

— Ça vous plaît ?

— Beaucoup.

Avec infiniment de tendresse et de gourmandise, vous goûtez enfin au fruit promis.

Je suis pleine de vous, comme un réceptacle sacré, je vais bercer en moi votre présence, indéfiniment, toute la nuit.

— Vous êtes toujours là ? Vous aimez ? Je vous embrasse… un baiser très particulier. »

Noyé dans la douceur que je lui ai offerte il a du mal à émerger, j'ai senti son émoi à son souffle si loin et si proche. Nous humons cet instant comme des petits chiots dans la fourrure de leur mère, puis ensemble, dans un même élan, l'index fébrile, à contrecœur, nous éteignons le réceptacle de mes confidences, mettant fin à notre course amoureuse.

40

Quelques jours plus tard, je le retrouve dans les Landes. Nous nous regardons longuement, il se penche. Sous le chambranle de la porte, il me serre contre lui, respire tout mon être, s'abreuve à ma bouche, m'envahit de sa douceur et de sa sensualité comme autrefois, je m'enivre de cet instant de volupté.

Des pas montent l'escalier, ils mettent fin à notre bref enlacement.

Mon amour,

J'ai porté votre odeur jusqu'à Paris. C'était exquis de faire tous ces kilomètres avec vous. La route m'a paru courte et l'habitacle un lieu d'intimité, de quiétude et de tendresse. Vous n'arrêtez pas de venir, partir, revenir, repartir comme un pendule déréglé. De quoi avez-vous peur ? Vous m'avez rendue faible et vulnérable, je déteste cela. Prends-moi dans tes bras, bois-moi, encore et encore, indéfiniment, que je te sente vivre, frémir et grandir, que mon être se referme sur toi et t'emprisonne et qu'enfin à l'amour qui te porte, tu t'abandonnes jusqu'à l'apaisement ultime.

Je t'aime.

Camille

Une semaine plus tard, je suis à nouveau dans le sud. Il ne parle plus de sa femme. Nous sommes à moitié étendus sur le lit, appuyés sur nos coudes, une certaine distance entre nous. Nous parlons, les yeux dans les yeux, de tout, de rien comme deux vieux complices, heureux de se retrouver. Puis je me lève et danse, ôte avec lenteur mon kilt, mon tee-shirt, et seins nus, en porte-jarretelles, je m'approche du lit. Il m'enlace, je succombe à la délicieuse étreinte. Dépassé par son désir, il me fait l'amour totalement, hâtivement, lui qui d'habitude se contrôle si bien. Il s'abandonne, m'offrant la complétude, puis très vite, prend la fuite.

« Je ne me contenterai plus de baisers volés, de désir interrompu, d'un corps brûlant dans l'attente. Je veux une nuit complète pour toi, pour moi, pour t'aimer intensément, pleinement, sans limites, car je t'aime, infiniment. »

Chez des amis le lendemain, l'un d'eux me fait compliment de ma beauté, de mon sourire radieux et me dit :

— C'est sûr, quand on est dans tes bras on ne doit pas avoir envie de te quitter.

J'ai relevé la tête, revécu le départ précipité de Gerry, ce regard qu'il a eu pour s'imprégner de moi, comme lorsque l'on observe attentivement une image, pour se la rappeler plus tard, dans les moindres détails.

— Ah ! Tu crois ?

Et un jeune anglais de renchérir : « You know, Camille, never forget : you are as young as the man you feel.

41

Des semaines s'écoulent, des semaines où je n'existe pas. Il est seul, libre… et se tait. Il s'est tracé un chemin qu'il suit. Lequel ? Je pédale loin derrière, la tête dans mes chimères.

Suis-je inapte à vivre ? Certains sont handicapés physiquement, moi je le suis mentalement, mon esprit m'emprisonne et empêche mon cœur de battre. Ma vibration de vie déraille, je suis un wagon couché sur le flanc qui a quitté ses rails, la loco ferme ses deux yeux ronds qui trouent la nuit, elle aussi se couche épuisée de vivre.

Quand nous nous voyons, méthodique et précis, il me fait l'amour au chronomètre, allant droit aux différentes positions qu'il s'est fixées comme s'il voulait satisfaire les désirs refoulés pendant les semaines écoulées entre deux rendez-vous. J'accepte, j'accepte tout.

Nous communiquons sur deux portées parallèles sans nous rejoindre.

Un jour, il lance : « c'est peut-être le début de la fin » pour ajouter aussitôt avec le sourire : « ou la fin d'un début ? », comme pour ouvrir une nouvelle page. Il me sonde : « Un adultère qui s'installe, ça ne vous fait pas peur ? Jusqu'où êtes-vous prête à aller ? »

Mais quand je lui demande :

— Pourquoi toujours couper court à notre désir ?

Après des détours, malgré lui, il finit par avouer rapidement dans un murmure :

— Peut-être parce que je crains de rester.

Je disparais peu à peu, m'enfonce dans le panier sans même m'en apercevoir et prends ma posture de victime. Mes histoires, lumineuses au début, ont bien vite des ratés que je surmonte, puis, je ne sais trop comment, je me mets à fuir, à perdre confiance, craindre mon audace et bascule dans la peur. Ce n'est plus la peur d'être enfermée dans un lieu inconnu, ce sont mes propres peurs, refoulées, enfouies qui s'exhibent, rient de moi, de mes pauvres tentatives avortées pour sortir la tête hors de l'eau. J'essaie de réaménager ma vie, je n'y parviens pas. Une odeur, un paysage, une fleur tout me ramène au passé je n'arrive pas à le dépasser. Je dépends de tout, de ma naissance, de mon éducation, de mon amour perdu. Me voilà à nouveau sur mon unique roue branlante, secouée de tous côtés, encaissant bosses et ornières.

Une cloche sonne et résonne dans ma tête. Est-ce la cloche de rappel que maman activait pour faire revenir des bois nos estomacs affamés ? Ou la cloche prêcheuse de l'école religieuse : « allez jouer avec vos camarades, il est interdit de rester seule sur un banc ! » ?

Sortir, courir, oublier, cette léthargie me tue. Je dois avancer, qu'importe comment.

42

Nous décidons de nous retrouver dans la hutte, celle du début de nos amours. Je la prépare comme une fête, des bougies, de l'encens, un tapis épais, des coussins moelleux, des rideaux de satin rouge vif, un vrai décor de Shéhérazade. Je me fais l'effet d'une midinette. Comment ai-je pu changer en si peu de temps ? Lui très sûr de lui, prend ses aises, se laisse déshabiller. Sous mon regard adorateur, je le caresse de la voix :

— J'aime ton corps.

— Regardez-le bien.

Il s'adosse mollement, la tête appuyée sur son coude. Je mets de la musique, je voudrais valser avec lui, tourbillonner dans ses bras jusqu'au vertige mais il refuse, alors je danse seule, m'effeuille sous son regard dans lequel vacille la flamme des bougies. Je virevolte,

l'œil d'une caméra... Je me raidis.

L'effeuillage se poursuit ponctué par le ronronnement de l'appareil qui se superpose aux dernières notes du CD. Toute ma peau passe au scan de ce voyeur, ses moindres aspérités, le mouvement de mes muscles, la moue de ma bouche. Mise à nu sous cet œil sans cil, scrutateur, redoutable, qui hypnotise comme un serpent, capte mon effroi et m'immobilise ; je l'entends siffler, je suis prise au piège. J'en ai la nausée. Je croise les bras sur ma poitrine en une ultime supplique.

— C'est parfait. Vous êtes, comme toujours, parfaite. Merci.

Un clic, l'appareil disparaît dans son étui. Il se lève, déjà rhabillé, glisse sur ses mocassins jusqu'à la porte, un air froid entre, les bougies grésillent, le rideau rouge retombe. Je me sens aspirée par le vide qui s'ouvre sous mes pieds, une voix sèche : « c'est la dernière fois que vous le voyez, la dernière, la dernière... »

Je me réveille brutalement, je suffoque. Qu'est-ce que c'est ? Un cauchemar ? La réalité ? Une prémonition ? Des mots s'inscrivent : « C'est fou, comme vous ne voulez jamais voir la vérité en face. »

L'écran géant m'engloutit, les mots résonnent dans ma tête…

Gerry, Gerry, pas toi !

Apeurée, je me replie en position fœtale comme pour offrir le moins de surface possible. Je me recroqueville, me ratatine comme une feuille qui se dessèche, je suis la feuille qui crisse sous le poids des mocassins, je suis un pruneau tout ridé grimaçant, avec deux oreilles qui pointent comme celles d'un chihuahua, mais il n'y a rien à entendre que le silence.

43

Nous avons devant nous, quatre jours quatre nuits.

J'attends un geste de sa part, le fera-t-il ? J'ai mis ma jupe noire aussi moulante que distinguée, un joli string en dentelle et des Dim-up. Sur le quai, mes yeux inquisiteurs le cherchent, je veux lui tendre les bras et me jeter dans les siens sans plus réfléchir. J'ai peur. Il n'est pas sur le quai, il n'est pas dans la gare. Je me dirige vers les guichets pour changer mon billet de retour. Il m'aperçoit à travers les grandes baies vitrées, s'avance, s'excuse pour son retard. Il n'a pas un geste de tendresse, je tends les lèvres et tout mon corps, il recule :

— Vous n'y pensez pas.

Je m'immobilise, la coquille que je deviens se ferme, je suis figée dans le marbre comme les statues latines que j'ai tant admirées. Réminiscence des brusques sevrages antérieurs ? Tous ces souvenirs mêlés me brouillent la tête, le cauchemar revient, se répète, je ne parviens pas à contourner le piège qui se referme.

Dans la voiture, j'ai froid. Je n'ose lui demander de mettre le chauffage. Il me parle de sa femme. Je ne comprends rien à ce qu'il raconte. Je suis incapable de me souvenir de ses mots. Ils sont entrés en moi, comme des balles de fusil, de l'acier froid anonyme. Tout mon être se cabre, une vague de détresse me submerge, me broie, un coup de massue. Je revois la petite route, les hauts pins à l'allure fantomatique dans les phares, tout ce noir. J'entends le bruit des pneus qui crissent sur le gravier, c'est celui des mocassins sur des feuilles mouillées. La bâtisse se dresse, le moteur s'arrête.

Nous sortons. Il fait froid de partout, à l'intérieur de moi, comme à l'extérieur. Je resserre les pans de mon manteau, m'approche de ma voiture, essaye d'enlever le givre de la vitre, en vain… Il s'éloigne. Ce dos familier qui s'en va, éclairé par les phares, cette démarche, ces longues jambes, je rassemble ma fierté en lambeau, baisse la vitre :

— Embrassez-moi, voulez-vous ? Il revient, s'exécute.

Je pars, rapidement, dans la nuit froide, le regard dur.

Je m'effondre sur le lit, hébétée, vide, je ne pleure même pas, je suis au bout de mon chagrin. Plus rien désormais ne peut me remettre en mouvement. Quelque chose de précieux s'est cassé… au plus profond de moi-même, cette confiance en l'autre, cette spontanéité chaleureuse qui m'ont toujours portée jusqu'ici, qui fait qu'on aime, en dépit de tout. Son désir à lui s'est arrêté tout net, les ailes ouvertes, et s'est enfui d'un vol effaré comme ces passereaux qui se mettent à piailler de façon si soudaine.

44

Derrière l'adulte, ce sont deux enfants qui se sont aimés, notre amour a été bâti sur nos manques, comment pourrait-il durer ? Je m'enfonce dans mes obsessions.

Tu as imprégné chacune de mes cellules et continues de me submerger. Je suis comme une éponge pleine qui ne peut plus bouger. Je veux que tu viennes encore et encore, que tu me prennes, pour mieux me remplir de ta substance. Je voudrais que cesse cette douleur sourde, ce frein à mes entreprises, ce désir qui me prend au débotté à tout instant du jour et de la nuit, qui me laisse toute pleine de toi, moite, tout mon corps en appel, même ici, enfermée. Tu es devenu ma drogue, tu me parles dans la tête, je suis asphyxiée, obsédée par ta présence, ta voix si particulière qui traîne sur certains mots, ta façon de dire « enfin, il me semble » et tes lèvres, ah tes lèvres ! Cette bouche que je chéris, que je désire plus que tout, cette façon que tu as de la goûter, qui m'émeut au plus profond, cette parfaite « adéquation », comme tu le dis toi-même. Comment peux-tu la rejeter ? Car le pire, c'est que tu ne la renies pas, tu la reconnais et la rejettes pour cette raison même.

Je ne suis plus qu'une poupée mécanique à la clé rouillée, tout se bloque. Je suis emmurée dans mon être. Je revis dans mon délire ce que j'ai expérimenté dans ma vie, ces choses terribles qui me sont arrivées au moment où je m'y attendais le moins, qui m'ont laissée profondément démunie, vide, pleinement vide. Je nourrissais un amour neuf que je croyais partagé et qui ne demandait qu'à ouvrir les bras. Cette parenthèse rieuse, juteuse comme une belle pomme rouge et charnue dans laquelle on aime croquer est devenue mortifère. Je serre mes bras contre moi comme si je voulais serrer Bilou, je redeviens la petite fille qui pleure son chagrin. J'ouvre les yeux, me redresse péniblement sur un coude, le mur en face vacille, s'immobilise, s'ouvre dans l'encoignure. Paraît Kiki qui se met à trottiner vers le lit, bientôt suivi d'un Kiki 2 qui trottine à son tour vers moi puis un autre Kiki, Kiki 3, qui lève son museau dans ma direction, encore un autre, un autre… une invasion de Kiki. Bientôt, toute une flopée envahit ma cellule, ils entourent le lit comme les douze petits rats de la vieille dame dans l'histoire de mon enfance, ils grimpent, me pressent, me cajolent, m'offrent de l'amour, je me sens caressée de toutes parts, je penche la tête vers mon épaule comme pour mieux appréhender la douceur de leur fourrure grise, je vois des bulles de couleur éclater, mes lèvres s'entrouvrent en un sourire ravi, je ferme les yeux, laisse ma tête retomber sur l'oreiller.

Répit salutaire.

N.Y., 20 septembre

Bon ! Assez tergiversé, je prends mon billet pour la France.

Ce silence me pèse trop, il faut que je sache ! Aide-moi à savoir où tu es !

Tante Clara me disait avec humour après le naufrage de mon mariage :

« Ma petite chérie, le mariage de ta sœur a sonné le glas du tien, vous êtes en parfaite résonance ! »

J'aimerais bien que l'on soit en résonance aujourd'hui !

Et tu te souviens de son chapeau invraisemblable ?

Avec des cerises et des oiseaux ?

« Il faut bien qu'ils becquettent ces petits ».

Elle a vraiment l'art de la formule !

C'était un moment de sourire.

Pour calmer mon angoisse.

Je t'embrasse où que tu sois.

À tout bientôt.

Juliette

45

Je me suis réfugiée dans ma maison entourée de genêts et d'herbes folles, dans cette solitude un peu pesante qui accompagne chacun de mes pas, dans cette torpeur qui me tient au soleil, sous la couette ou devant les braises qui crépitent et me contemplent.

En écrivant dans mon journal, j'entends les mésanges chanter leur amour au petit matin, je n'entends que ça. À chaque geste, je me heurte à sa pensée, à son souvenir, c'est comme un mur qui me sépare de la vie. Le paquet de cigarettes vide me nargue, c'est mon amour impossible qui est parti en fumée. Je suis passée à côté de quelque chose de précieux et de rare qui n'a eu que le temps de balbutier. J'aurais aimé que ce balbutiement reste intact dans sa beauté, mais la vie au quotidien l'a écorné. J'aimerais que ton visage, tel un phare, paraisse derrière la porte vitrée, en reflet, comme la lampe du salon. Je veux que tu oublies tes inhibitions et ta culpabilité. Dans tes bras, j'étais une autre, je me sentais vraie. Je ne veux pas devenir un souvenir momifié, je veux vivre cet amour et le sentir vibrer.

Je tente de rassembler les bribes de ma pertinence éparpillée, je voudrais que ma logique étale bien au jour toutes les incompatibilités, comme une table bien servie, pour qu'aucun détail dissonant ne m'échappe. Je demande des comptes, je suis obstinée, comme une enfant qui veut tout, tout de suite, se cabre et tempête. Il n'y a rien à comprendre, je n'ai pas encore fait ce chemin, je suis dans la résistance, suis-je ici pour l'apprendre, en faire l'expérience ?

Je m'assois et contemple les murs nus. Une énorme fatigue m'enserre les tempes, j'ai la tête tellement lourde, tout est là sous mes yeux mais le manque de confiance déforme mes pensées. Ballottée, perdue, je patauge, m'embourbe. Je ne suis que le reflet sans consistance d'une image conforme à ce que l'on attend de moi, je suis l'oisillon encouragé à sortir du nid et qui, affolé, bat des ailes sur place. Mes peurs sont multiples. Quand je m'élance, mes ailes ne me portent qu'un bref instant, l'effroi me fait tomber, je deviens une proie vulnérable, nue.

Je vais de perte en perte, suis in-digne, indigne de quoi ? Me suis-je volontairement enfermée dans cette prison ? Suis-je en cellule d'isolement dans une clinique ? Quand vais-je retrouver ma lucidité ? Car tout a un sens, mes insomnies, mes délires, mon inaptitude. Mais quel sens ? Rééduquer mon esprit, m'ouvrir à la réalité, l'appréhender sans filtres. Quelle réalité ? N'est-elle pas multiple ? Comment m'y prendre ? M'affranchir de mes projections imaginaires, de mes certitudes et de mes croyances. Retrouver mon âme d'enfant, devenir moi, me donner du temps pour m'ouvrir à une nouvelle voie.

Cesser de vivre à côté de ma vie.

46

Depuis combien de temps suis-je enfermée ? Ce geôlier sans visage, qui est-il ? Et si cet homme m'avait enlevée pour me filmer à mon insu ? Cela expliquerait mon cauchemar. Je me redresse avec précaution, j'ai le tournis, je pivote lentement, pose mes pieds à terre, un à un, me mets prudemment debout en prenant appui sur le mur, progresse peu à peu jusqu'au cabinet de toilette, fais couler l'eau pour m'en asperger le visage. Sur la chaise un nouveau pyjama tout propre, je me déshabille de ma sueur et l'enfile, dans le panier sur le petit frigo une pomme rouge, ma paume se referme sur la fraîcheur de sa peau. Mes pas me conduisent vers ce qui me semble être une porte, une serrure, je tends la main vers un loquet juste au-dessus, le soulève et tire la porte à moi. Elle s'ouvre.

J'en suis tellement surprise que je manque de tomber. L'air frais du dehors me fait tituber, la lumière du jour m'éblouit. Je distingue un paysage familier, la lande, ses pins et ses fougères qui oscillent sous mon regard embrumé. La sensation du vent dans mes cheveux. Un jeu d'ombres et de lumière. Tout me ramène d'un coup à Petit Jean, des années en arrière. Silhouette d'un homme grand et mince. Les mocassins.

Je tends les bras, fais un pas, puis un second, trébuche, tout tourne autour de moi. Le soleil m'aveugle, je sens l'odeur des pins mais je ne les vois pas, les aiguilles crissent sous mes pieds écorchés, je progresse lentement. Des cris, les corneilles ? Elles m'assourdissent, qu'elles se taisent, ma pauvre tête. Mes genoux plient, je tombe à quatre pattes, continue d'avancer, une ombre dans mon champ de vision, m'enfuir, me cacher, avec frénésie mes mains agrippent le sol, je rampe. Un sol plus lisse, un contact froid qui me surprend, une odeur que je connais, celle de ma sueur, de ma peur, je tremble, je reconnais ces contours, ceux de ma prison, j'ai tourné en rond, j'éclate en sanglots.

De l'embrasure, le sentier bordé de fougères, la lumière éblouissante et l'air frais me transpercent, me narguent, le monde extérieur tout entier me nargue. Je me traîne péniblement vers le lavabo, atteindre le robinet, l'ouvrir. Il me résiste. J'ai tellement soif, il faut que je boive, ma main tremblante attrape une espèce de fiole sur le rebord, je manque de la flanquer par terre, la porte avidement à mes lèvres, en avale le contenu d'un trait.

Épuisée par l'effort, je glisse à terre, la fiole roule sur le sol. Cette fiole me dit quelque chose mais quoi ? Tout est si confus dans ma tête, boire au robinet… c'est cela que je m'étais dit… j'ai un goût d'amertume dans la bouche, ma tête cogne, je me sens toute molle comme une poupée de chiffon, ne pas rester à terre, m'étendre. Je me traîne. Le visage souriant de Juliette m'apparaît, j'ai le vague souvenir que nous devions nous retrouver mais je ne sais plus où ni quand. C'est alors que la mémoire très précise de nous enfants me revient, quand quelques années après notre retour en France alors que j'éprouvais durement la séparation d'avec mes parents, je gagnais l'amour d'une sœur.

47
Petit Jean et Marcello

Pendant deux ans, je m'étais retrouvée séparée de mes parents et de mon frère Timothée. Sa gentillesse et son affection me manquaient, nous étions trop jeunes pour qu'une correspondance comble la distance, mais j'appris à connaître ma demi-sœur Juliette, qui se mit à me couver comme une mère, palliant l'absence de la mienne. Fille du premier mariage de mon père, elle habitait à Reuilly sur Loir, chez une de ses tantes, à qui j'avais été confiée. J'avais sept ans, elle en avait quatorze.

Dans l'unique école du village, j'ai rencontré Petit Jean, nous étions dans la même classe. Sa sœur aînée, Germaine, était l'amie de Juliette. Grâce à lui, mes deux années loin de mes parents dans ce petit village tranquille, sont vite passées. J'étais comme une petite reine. À l'hôtel-restaurant du village que tenait sa mère, il y avait toujours un gâteau pour moi. De ses grands yeux bruns admiratifs il me regardait croquer dedans à pleines dents. Sur le chemin de l'école, il me rejoignait et portait mon cartable. En classe, quand la mine de mon crayon se cassait, il la taillait avec application ; quand il me le rendait, j'avais l'impression de recevoir un crayon tout neuf. Si un grand me bousculait, il lui sautait dessus, surtout Marcello qui n'arrêtait pas de me tourner autour.

Lui est violent, je ne l'aime pas. Au bar de son père, il y a une fiole en verre, de forme oblongue, posée sur le comptoir, toujours pleine de dragées. Je la revois très bien, elle m'a toujours fascinée, Le soir, à travers la vitre, les rayons d'un soleil tardif faisaient étinceler sa couleur pourpre. Marcello y plongeait la main pour attiser ma convoitise et en sortait une poignée de toutes les couleurs, je n'y résistais pas. Cela rendait Petit Jean jaloux. Serait-ce la carafe colorée dont je viens de me servir ? Je m'égare, il doit en exister une multitude de ce modèle.

Après la classe, dans le Loir, Petit Jean m'attrapait la main quand il n'avait plus pied et je le soupçonnais d'exagérer sa peur pour serrer son long corps contre le mien. Nous avions aussi coutume de nous réfugier dans la scierie de son père pour retarder l'instant de la séparation. En fermant les yeux, je me reconnecte à l'odeur du bois et au bruit grinçant des scies. Les samedis soir, sous la houlette de la statue de saint Vincent de Saragosse, assis sur un banc de pierre, bercés par les rires et la gaieté ambiante, nous regardions les parents goûter le vin nouveau, Petit Jean m'embrassait sur la joue.

Puis, au gré de la situation de mes parents, j'avais dû partir, une fois de plus quitter ces amitiés fraîchement nouées. Ma vie n'est faite que de départs et de pertes. Petit Jean avait très mal supporté notre séparation. Après mon départ, désœuvré, il s'était amusé à faire des paniers tout seul sur le terrain de sport derrière l'école. Il s'était découvert une passion. Devenu apprenti chez son père, il était entré dans l'équipe de basket de son département.

Nous nous sommes revus des années plus tard dans la célèbre verroterie du village. J'ai eu du mal à le reconnaître, grand, mince, champion de France de basket, une allure de play-boy. Il n'était pas le genre d'homme à se contenter d'une seule femme. J'ai très vite mis fin à notre relation pour éviter d'être détruite par ce séducteur accompli. Pour la première fois, j'avais réussi à prendre l'initiative. En avait-il éprouvé du dépit ? Lui qui partait toujours le premier ? Se pourrait-il que ce soit lui ?

Des amis ont croisé Marcello dans les Landes cet été. De vilaines rumeurs courent à son sujet. Dois-je remonter jusqu'à mon enfance pour découvrir les raisons de mon enlèvement ? Il faut m'y arrêter en dépit de ma fatigue. Enfant déjà, ce garçon me mettait mal à l'aise et avait un comportement curieux avec les filles. Se pourrait-il qu'après toutes ces années… ?

Dresser un inventaire clinique : agencer, classer, trier les éléments connus. Chercher un mobile possible pour chacun. Mais comment établir des liens logiques à partir de souvenirs fragmentés ?

J'ai la tête qui tourne. Que contenait donc la fiole pourpre cette fois-ci ? Sur cette pensée, épuisée par l'effort de mémoire, je m'endors comme une masse.

N.Y., 21 septembre

Camille, ma petite sœur, je t'envoie ce dernier mail, ton téléphone reste si désespérément silencieux.

Je prends l'avion tout à l'heure, je veux te retrouver.

Tu n'as pas disparu tout de même !

Je vais d'abord rendre visite à tante Clara.

Si tu t'es confiée à quelqu'un, ce sera bien à elle, n'est-ce pas ?

Je suis sûre que je vais vite te rejoindre où que tu sois.

Ta sœur qui t'aime et qui s'angoisse.

Juliette

48
Dimanche

Il entre et la regarde dormir. La chemise du pyjama s'est ouverte sur sa gorge naissante. Il s'approche, se penche, caresse de ses lèvres charnues la cheville si fine, remonte le long du mollet. La peau est douce sous sa bouche. Non, pas maintenant, il la veut consentante, il se redresse, remonte le drap sur cette jambe nue qui a fait monter son désir, va chercher la chaise, s'assoit et la contemple, immobile.

De derrière le pin, prêt à intervenir si elle s'était trop éloignée, il l'a vue sortir vacillante. Droguée comme elle était, laisser la porte ouverte ne présentait guère de risques. Sa respiration est un peu forte. A-t-il trop forcé sur la dose mise dans la petite fiole ? A-t-elle bu plus que d'habitude ? C'est difficile à savoir.

Elle est toujours en sueur, visiblement en proie à une forte fièvre, elle se débat, tremble, prononce des mots sans suite, incompréhensibles. Plus d'une fois, elle a glissé à terre. Il met un gant frais sur son front, des glaçons dans un torchon sur ses pieds. C'est ce que faisait sa mère pour faire baisser la fièvre à défaut de lui faire prendre un bain d'eau froide, une baignoire c'est du luxe. Bien qu'inquiet, il adore la voir dans cet état, à sa merci.

Il passe la main sur son front, c'est devenu une habitude, il veut chasser ses papillons qui n'arrêtent pas de l'habiter et de tournoyer dans son cerveau. Ils le rendent fou. « Trouble obsessionnel de la personnalité », a déclaré le docteur qu'il a consulté quand ses visions n'ont cessé de le hanter. « Transfert d'un trauma d'enfance », a-t-il ajouté.

49
Lundi matin

Elle est connue dans la région, il ferait mieux de la transporter ailleurs. C'était son intention. Maintenant, il ne sait plus trop. Il est malheureux, ne veut pas se séparer d'elle. Il passe sa main gauche sur son front moite. Il l'observe d'un regard vide.

Sa main droite se porte vers son visage, descend le long de son cou, et *l'enserre de ses longs doigts effilés, sa main est si large, son cou si fin, serrer, mettre fin à l'obsession. Ses doigts se crispent sur la gorge offerte... Il hésite, soupire, se détend, sa main glisse lentement vers ses seins. Sa paume recouvre son sein gauche, le pincer, le pétrir, l'écraser, sa poitrine est brûlante. Il sent la vie frémir, une vie affolée, celle de l'oisillon tombé du nid. C'est cette même vie qui palpite aujourd'hui sous ses doigts.*

La maîtresse l'avait grondé. Elle n'avait rien compris.

— Vous allez me faire le plaisir de ramener cet oisillon là où vous l'avez trouvé, c'est de ses parents dont il a besoin, eux sauront le nourrir même s'il est à terre.

À regret, après la classe, il l'avait déposé dans le pré, sous l'arbre où il l'avait trouvé, il aurait aimé le garder dans sa poche, comme elle qu'il aimerait garder à jamais, comme les autres, rien que pour lui.

50
Mardi 11 h

Ce matin-là, après sa visite à sa tante, Juliette retrouve Garance, l'amie de sa sœur, devant l'immeuble de celle-ci dans une petite rue étroite de l'île Saint-Louis. Elles s'embrassent, gauchement, sans oser se regarder, comme deux conspirateurs ou deux personnes en deuil qui se saluent de loin pour ne pas laisser voir leurs émotions.

À l'interphone, personne ne répond. Elles montent au dernier étage. La porte est banale, comme toutes les portes et pourtant elle les regarde de toute sa surface lisse et verte, que cache-t-elle ? Quel mystère abrite-t-elle ? Elle semble leur défendre l'accès. Pleine d'appréhension, Garance s'active fébrilement sur la serrure, sans parvenir à introduire la clef. Sa main tremble trop. Juliette la lui prend, tout aussi maladroite, malade d'énervement. Ultime attente fiévreuse derrière la porte close. Celle-ci cède enfin. Tels des chiens de chasse, tous leurs sens en éveil, elles pénètrent dans l'appartement.

— Camille ? Camille ? Tu es là ?

51
Lundi après-midi

Que faire ? Attendre ? C'est imprudent, vu son état. Sa nudité le trouble, il aimerait bien encore en profiter. Et si elle meurt ? Il faudra l'enterrer, creuser très profond. On va le rendre responsable comme pour l'oisillon. Et s'il la déposait dans un hôpital ? Mais un hôpital éloigné, pour qu'il n'y ait pas de recherche dans les environs, sinon ils auraient vite fait de tomber sur la cabane. S'ils lui font des examens, elle ne devrait se souvenir de rien. Et s'il la ramenait chez elle ? Si elle ne survit pas, ce ne sera plus son problème. Voilà une bonne idée. Dans ce cas, ne pas oublier les clefs de son appartement. Chez elle, dans un hôpital ou... dans une église... pourquoi pas ? Il y a une église qu'il affectionne particulièrement consacrée à saint Antoine de Padoue, il pourrait y allumer un cierge et la laisser sous sa protection. Il verra bien, il avisera une fois en route. Ce qu'il y a de sûr c'est qu'il ne peut plus la garder ici.

52
Mardi matin, à l'aube

Effacer tout signe de vie, laisser le petit volet entrouvert. Le vent se chargera de la besogne. Non, s'il est trop violent le battant va taper et éveiller l'attention d'un randonneur. Mieux vaut fermer. Il porte tout dans la voiture, deux petites caisses. Elle est inerte dans ses bras, l'odeur de sa peau le bouleverse, réveille ses sens. Il rit, l'écho résonne dans la petite pièce vide, il saura mieux s'y prendre la prochaine fois. Il l'allonge sur la banquette arrière, toujours inconsciente, invisible derrière les hauts dossiers des sièges. S'éloigner du lieu du crime. « Crime » est un bien grand mot, il ne l'a pas violée, elle n'a offert aucune résistance, elle l'excitait au contraire en se tortillant sous lui, le mordant comme un chiot, poussant des petits cris, des soupirs, à croire qu'elle rêvait qu'elle faisait l'amour. Il sent son pénis qui durcit et se passe la langue sur les lèvres, son pied appuie sur l'accélérateur, il hennit de plaisir.

53
Mardi 11 h 30

Aucune odeur suspecte ne les assaille. Le bruit d'un écoulement d'eau les alarme. Paniquées, elles se précipitent dans la salle de bain : baignoire vide. La fontaine installée dans le coin de méditation de Camille crachote et s'épuise, Garance la débranche.

Juliette furète dans les trois autres pièces, l'appartement est net, bien rangé. En de profondes expirations, elle se libère de l'étreinte qui serre sa poitrine, prend l'arrosoir.

Garance, hébétée, après la crainte d'une découverte macabre, se résout à appeler le commissariat de l'arrondissement. Juliette suspend son geste, visage tendu.

— Vous pourriez nous la décrire ?

— Brune, taille moyenne, mince, yeux noisette, cheveux mi-longs, la cinquantaine, tatouage discret sur la hanche, une licorne.

— Disparue quand ?

— 10 septembre, peut-être avant.

— Rien au fichier.

54
Mardi midi

Cela fait plusieurs heures qu'il conduit, Il a une folle envie de s'arrêter sur une aire d'autoroute et là, à l'abri des arbres, de rejoindre la banquette arrière. Après tout, rien ne presse et une pause lui serait salutaire. Avec les verres fumés, personne ne peut les voir. Au pire si quelqu'un les surprend il les prendra pour un couple d'amoureux passionnés. Il lui a asséné une belle dose de sédatif, autant en profiter encore et encore. Son rire vibre dans l'habitacle comme dans la petite pièce, c'est intime. Il veut entendre à nouveau ses petits feulements pendant qu'il lui laboure le bas ventre.

55
Mardi 14 h

Elles appellent les hôpitaux. Rien au service des urgences, Camille s'est volatilisée. Elles décident de déposer un avis de recherche. Mais n'ayant aucun élément pour étayer le dossier et Camille étant majeure, l'agent, goguenard et déplaisant, leur fait comprendre qu'ils ne peuvent rien entreprendre : « Si vous saviez le nombre de personnes qui disparaissent chaque jour en allant chercher leur paquet de cigarettes… ». Et d'ajouter avec lassitude : « Vous voulez vraiment faire ouvrir une enquête pour disparition inquiétante ? »

Dépitées, elles retournent chez Camille. Une petite croix rouge sur le bloc-notes attire leur attention : sept septembre. Camille serait partie le sept ? Rejoindre Gerry ? Toutes deux éprouvent soudain un sentiment d'urgence.

— Partons dans les Landes. Tout plutôt que cette attente stérile.

56
Mardi début de soirée

La voiture roule depuis près de trois heures quand le téléphone de Juliette sonne. Elle met le haut-parleur.

— Établissement hospitalier de Neuilly. C'est vous qui recherchiez une femme ? Brune, yeux noisette, proche de la cinquantaine, peut-être en proie à une crise de malaria ?

— Oui.

— Nous venons d'admettre aux urgences une femme qui semble correspondre à votre signalement, nous vous attendons.

À la première bretelle, Juliette opère un demi-tour et reprend la route de Paris.

57
Mardi 17 h

J'ai froid, je frissonne, mon dos repose sur quelque chose de dur, plus dur que d'habitude. Une lumière blafarde, brutale me heurte quand j'ouvre les yeux. Je suis attentive aux sons nouveaux qui me parviennent. Je sens un air froid, des tissus me frôlent, des voix se coupent, je ne comprends rien à ce qu'elles disent, l'une d'elles émerge « salle 10 ». Ma main rencontre la froideur d'un métal lisse. L'air se déplace, comme par un jour venté, sensation de vitesse, je crains de tomber, ma couche est étroite, mes mains se crispent, agrippent les deux rebords, une forme se penche.

— Vous m'entendez ? Comment vous appelez-vous ?

58

Main dans la main, cherchant mutuellement un réconfort, Juliette et Garance franchissent le seuil de l'hôpital.

— Vous nous avez appelés, une femme brune, la cinquantaine, a été admise aux urgences, nous…

— Chambre 115, au fond à droite.

Elles s'engagent dans un long corridor. Par la porte vitrée, elles ne voient qu'une masse de cheveux sombre qui dépasse du drap remonté. Elles entrent sur la pointe des pieds. Le visage de la dormeuse est tourné vers la fenêtre, elles entendent sa respiration un peu rauque. Elles font le tour du lit, la gorge nouée.

Ce n'est pas Camille.

59
Mardi fin de soirée

Il n'est pas reparti. Il attend, sans trop savoir pourquoi. Son corps est un arc tendu, un étau lui serre le ventre. A-t-il bien fait ? Il se tourne vers la banquette arrière, vide, il ne comprend pas ce qui est arrivé. Les papillons sont revenus, se cognent les uns aux autres, il secoue la tête. Son beau papillon à lui s'est envolé, il n'a plus rien, il est las. Il convoque l'écho de ses ébats pour remplir le silence de l'habitacle. La pluie se met à tomber dru, tape sur le toit du coupé et résonne dans sa tête. Une voiture de police, gyrophare allumé passe, ralentit à sa hauteur, jette un coup d'œil inquisiteur. Il se raidit. Le véhicule s'éloigne. Il faut qu'il parte, c'est trop dangereux. Et s'il allait chez elle ?

60
Mardi 18 h 30

On me soulève, on me pose sur quelque chose de doux. J'ouvre les yeux, la lumière est moins agressive, une forme me parle. Que dit-elle ? Est-ce à moi qu'elle s'adresse ? Tout cela est épuisant. Des bribes traversent ma conscience « pouls très faible… grosse fièvre… droguée… ». Des bruits de pas, plusieurs pas différents qui s'éloignent, le poids d'un drap sur le corps et très nettement ces mots « ne vous inquiétez pas, on va bien s'occuper de vous ». Un liquide coule sur mes lèvres entre-ouvertes, quelqu'un me redresse la tête, de l'eau, c'est bon j'avais si soif.

Épuisée par l'effort, je retombe…

61
Mardi fin de soirée

De retour à l'accueil, on les fait patienter. Elles s'assoient sur les deux chaises restantes. C'est un ballet incessant de va-et-vient, de blouses blanches et de brancards. Le téléphone n'arrête pas de sonner. Débordée, la réceptionniste répond aux uns, aux autres, à la volée. Près de deux heures passent. Soudain, un jeune interne se plante devant elles :

« Une femme brune, la cinquantaine, tatouage à la hanche, c'est vous ?

— Oui, répondent en chœur Juliette et Garance qui se lèvent d'un bond.

— Suivez-moi. »

Un long couloir, un ascenseur, un nouveau couloir, il pousse une porte, s'efface. Une silhouette qui se dessine sous le drap, un visage blême, immobile, des cheveux bruns en bataille, épars.

C'est Camille.

En la voyant si pâle, Juliette porte la main à la bouche pour contenir un cri et Garance a un petit sanglot étouffé. Juliette se penche, l'embrasse. « Camille, on est là, tiens bon. » Garance ne dit rien, lui relève une mèche sur le front d'un geste tendre.

« C'est bien elle ? Vous êtes de la famille ?

— Je suis sa demi-sœur. Elle s'appelle Camille Trévisse…

— Elle se drogue ?

— Pas du tout… je…

— Les analyses de sang ne laissent aucun doute. Elle a vécu en Afrique ?

— Oui… je…

— Crise de malaria sévère. La prise de drogue a aggravé son état clinique, je vais devoir la garder en observation quelques jours. On vous tient au courant. Bonne soirée. »

Il est brusque, il a hâte d'en finir. Elles sont complètement abasourdies. Juliette le fixe comme un épagneul, hypnotisé par son maître qui l'attache à un arbre au bout d'une corde et l'abandonne sur une aire d'autoroute. Gêné par son regard, l'interne jette en s'éloignant :

« Venez à 10 h, je reprends mon service. Je commencerai mes visites par votre sœur. »

Elles le suivent du regard, d'un même mouvement d'épaules se détournent vers Camille, embrassent la dormeuse et repartent d'un même pas, toutes raides, deux automates. Elles ressemblent à des soldats de plomb sanglés dans leurs uniformes.

62
Mercredi matin – 10 h

En ouvrant les yeux, je vois du blanc, un air frais me caresse le visage, je prends conscience d'un ronronnement de ventilateur. J'essaye de soulever la tête sans y parvenir. Un fin tuyau s'enfonce dans mon bras. Je suis très affaiblie. Chaque geste me coûte mais J'ai l'esprit suffisamment clair pour m'apercevoir que je suis dans une chambre d'hôpital. Que s'est-il passé ? Aurais-je eu un accident ? Qui était « La présence » ? Du personnel médical ? Ai-je été dans le coma ? Serait-ce lui, la source de mes délires ? Depuis combien de temps ? J'entends des chuchotements. Les voix s'amplifient dans ma tête. Je n'aime pas ça. Soudain, une voix se distingue des autres. Elle m'est familière. Bruit de porte, près de mon lit, une ombre aux yeux verts, comme ceux de mon père, se penche pour m'embrasser. C'est Juliette.

— Où… je… suis ?

Je ne reconnais pas ma voix, si ténue, comme insonorisée.

— À l'hôpital de Neuilly.

— Quel… jour ?

— Le 24 septembre. Tu nous as fait très peur.

Nous ? Qui ça nous ? J'essaye désespérément de me souvenir. Je me revois dans la voiture, soudain la direction ne répond plus, je me retrouve dans le fossé, c'était quand ? Il y a quelques jours ? Une semaine ? Un mois ? Je me heurte à un trou noir.

— Que… m'est-il… arrivé ?

— Quelqu'un t'a ramassée inconsciente dans la rue et t'a amenée ici. Les médecins disent que tu as eu un accès sévère de malaria.

Puis sur un ton de confidence, en baissant la voix :

— Tu as aussi ingurgité des somnifères et tout un tas d'autres comprimés en grande quantité, des vraies cochonneries. Pourquoi ?

J'écarquille les yeux, secoue la tête. Sous le regard de ma sœur aînée même plein de bienveillance, je me sens comme une enfant prise en faute. Un voile se déchire. Par la fente, un début de clarté apparaît dans mon esprit embrumé comme lorsque le brouillard se dissipe et que l'horizon apparaît avec une netteté et une précision surprenantes. Juliette s'assoit au bord du lit.

— Et si tu me racontais…

— Raconter ? Raconter quoi ? La cellule dont les murs n'arrêtaient pas de bouger ? La présence qui rôdait ? La peur qui m'enserrait de ses bras vigoureux ? La chaleur qui embrasait mon corps ? L'impression de perdre la raison ? La drôle de petite bête qui m'observait de ses billes noires étincelantes et les tissus tout doux qui glissaient sur ma peau ? Le gouffre dans lequel j'ai sombré… En plein désarroi, je ferme les yeux et lâche la main de Juliette.

L'interne de garde de la veille entre dans la chambre, salue brièvement Juliette et se penche sur Camille rendormie. Il prend son pouls, vérifie la perf, lit les infos sur la courbe affichée au pied du lit.

— État stable, c'est plutôt bon signe. Nous allons faire un examen gynécologique et prendre quelques radios, j'ai remarqué hier des contusions suspectes sur le corps de votre sœur. Dès qu'elle sera en état, elle sera interrogée. Je suis désolé, mais c'est la règle quand il y a prise de narcotique.

— Que s'est-il passé ? Vous avez vu la personne qui l'a amenée ? demande Juliette.

— Il y avait une pluie battante hier, j'ai aidé le brancardier, je n'ai pas remarqué grand-chose, une vague silhouette plutôt grande et mince, et un coupé sombre. Mon attention s'est portée sur votre sœur qui était très pâle et ne tenait pas debout, pour qu'elle soit tout de suite prise en charge. À mon retour, le parvis était désert et la personne n'est pas revenue.

Juliette est consternée.

— Vous savez Les personnes qui amènent quelqu'un qui a fait un malaise dans la rue préfèrent en général rester anonymes. Sans doute la crainte de se faire accuser de tous les maux quand on joue au bon samaritain…

Il pose sa main sur son épaule :

— On en saura plus après un examen approfondi. Votre sœur n'a aucun symptôme d'une *addict*. Il y a sans doute une explication très simple qu'elle nous donnera quand elle aura repris pleinement conscience.

Juliette le regarde avec reconnaissance. Elle est perdue dans ce milieu hospitalier opaque, voire hostile aux non-initiés. Elle a besoin d'une épaule sur laquelle s'appuyer, d'un geste chaleureux, mais il a déjà tourné les talons.

Elle regarde ce dos fermé qui s'éloigne, refoule les larmes qui encombrent sa gorge, se redresse en brave petit soldat, chassant d'un revers de main ce moment de faiblesse.

63
Samedi

Trois jours plus tard, Juliette se retrouve dans le bureau du médecin.

— Votre sœur devra observer un régime alimentaire strict pour que son organisme élimine toutes les substances toxiques qu'elle a avalées. Elle a aussi besoin de beaucoup de repos. Il se peut qu'elle ait encore des troubles de mémoire et des maux de tête. C'est une période de sevrage un peu difficile, elle aura besoin d'une aide à sa sortie.

— Vous pouvez compter sur moi.

— Bien. Il fait une pause, toussote.

Le corps de Juliette se raidit, elle s'attend au pire.

— Il n'y a pas eu viol à proprement parler, mais pénétration sans violence, et ce à plusieurs reprises et très récemment. Difficile de penser que ce soit volontaire compte tenu de sa fièvre. Quant aux contusions sur le corps elle a pu se débattre, tomber, ou se faire mal elle-même, cela arrive souvent dans le cas de fortes poussées.

Juliette acquiesce, elle a déjà assisté aux crises de sa sœur.

— Je crains que vous ne deviez poursuivre vos investigations auprès de la police. Je vais faire un rapport. Je vous conseille d'inciter votre sœur à prendre rendez-vous avec un psychologue de l'hôpital, elle va avoir besoin d'un soutien. Je lui expliquerai tout cela cet après-midi.

Il se replonge dans ses dossiers.

— Non ne lui dites rien, je vous en prie… je le ferai moi-même au moment opportun, insiste Juliette, car avant tout, elle veut protéger sa petite sœur comme elle l'a toujours fait.

Le médecin relève la tête, surpris. Habituellement, les proches préfèrent que ce rôle lui soit dévolu.

— Comme vous voudrez.

Juliette quitte son bureau, la tête bourdonnante.

64

Garance est venue me voir et m'a parlé longuement de ses projets en cours, elle réinitialise mon intellect, le rafraîchît comme une page d'ordinateur. Mon amie comprend vite les situations. Elle a pratiqué la boxe et en a gardé la rapidité d'action qui s'accorde bien avec son caractère. L'analyse faite, elle s'élance, balayant toute considération inutile, elle est très efficace. Elle se retrouve sur ce terrain avec Juliette, contrairement à moi qui fonce sans me poser de questions, puis recule de peur et tergiverse, ne sachant plus quelle direction prendre.

Je suis tout étourdie par la tornade que déclenche mon amie dans cette petite chambre confinée, je lui en suis reconnaissante. De me pencher sur ses préoccupations me fait oublier les miennes, je sens mon sourire intérieur remonter timidement à la surface sous cette avalanche de vitalité et de fraîcheur, je lui avance quelques remarques originales qui nous font rire. Chère Garance. Après son départ, je retombe dans ma torpeur.

Le lendemain Juliette m'a fait la surprise de venir avec tante Clara et mes neveux. Elle s'est penchée et m'a serrée dans ses bras sans un mot. Les petits se sont mis à sauter immédiatement comme des cabris tout autour de mon lit en chantonnant comme dans une comptine : « Nénitoa, Nénitoa, quand reviens-tu nous faire une tarte aux pommes ? Nénitoa, Nénitoa quand viens-tu peindre avec nous ? Nénitoa, Nénitoa, pourquoi as-tu ce tuyau ? Ça sert à quoi ? Comment tu te lèves avec ce machin ? Nénitoa, Nénitoa, tu manges quoi ? Tu as une douche à toi ? Mince alors ! » Leur curiosité est sans fin. Je les adore, les prends comme je peux contre moi et leur donne les chocolats qu'une cliente m'a gentiment fait envoyer dès qu'elle a eu connaissance des récents évènements. Pendant que ma sœur essaye vainement de canaliser leur énergie, Tante Clara me couve du regard. Assise près de mon lit, elle me tient la main.

Tante Clara est petite, tout au plus 1 min 50 s Tout en elle est rond, sa bouche en forme de cerise, ses yeux qui posent un regard étonné sur le monde, son nez spirituel et un peu retroussé, ses bras potelés dans lesquels il fait bon se perdre. Ses cheveux châtain clair bouclés et soyeux, fins comme ceux d'un bébé volent au vent et son pied menu avance à petits pas rapides et cadencés au son de sa voix qui vous enveloppe. Ma tante, ou se tait, plongée dans ses pensées secrètes, ses yeux de poupée de porcelaine bleus agrandis sur des profondeurs inconnues, ou babille sans arrêt, tel un moineau qui pépie de joie en bâtissant son nid. Et soudain, elle s'interrompt, pour laisser échapper un rire confiant qui roule à l'infini, comme le galet de plage pétri par la mer niçoise. Ses yeux, ses lèvres, et même ses mains et ses pieds participent à cette joie communicative.

Nous nous connaissons bien. Dès que mon travail le permet, le week-end, je vais la chercher dans sa maison de retraite et nous partons en voiture visiter les environs de Paris qu'elle ne se lasse pas de découvrir. D'autres fois, nous poussons jusqu'à Etretat où elle prend plaisir à revoir la maison qu'elle a aimée et habitée pendant tant d'années. Nous marchons sur la grève et dégustons des fruits de mer au bord de l'eau. Aujourd'hui, elle m'enveloppe de sa présence bienveillante et silencieuse, s'empare de ma brosse à cheveux et lisse ma chevelure rebelle comme lorsque j'étais petite. Je suis l'enfant prodigue qui revient au bercail.

Ces visites me rattachent à un quotidien oublié, la vie d'autrefois me rattrape. Je sors d'une longue hibernation.

65

Le médecin m'a autorisée à rentrer chez moi. Mon rythme cardiaque est redevenu normal, mon sommeil moins agité. Juliette est assise à mes côtés. Elle attend des réponses. Moi aussi.

— Sais-tu qui m'a amenée ici ? Avait-il des mocassins ?

— Pardon ?

Juliette est décontenancée.

— Il s'est débarrassé de moi !

— Il ?

Je me contente de lui presser la main et ferme les yeux. Comment lui expliquer ? Le silence s'installe entre nous. De longues minutes passent. Je sens la moiteur de sa paume contre la mienne, son regard intense posé sur moi qui tente de percer le mystère derrière mes paupières closes. Dans un grand soupir elle se lève, je perçois son agitation, le bruit de la penderie, l'eau qui coule, les flacons qui s'entrechoquent, elle virevolte autour du lit, ouvre un tiroir, soudain un relatif silence, j'ouvre les yeux sur ma sœur debout qui me contemple et me tend la main pour m'aider à me lever. « Ça va aller ? » Sa voix est douce, maternelle. Elle a renoncé aux questions.

Je suis heureuse de sortir. Hier, j'ai fait quelques pas dans ma chambre et dans le couloir, la simple sensation de la marche m'a redonné le goût de vivre. Dans cette chambre d'hôpital, j'étouffe, je n'arrive pas à dépasser les murs par la pensée, comme je le faisais si facilement il y a quelques jours dans la petite cellule. Je suis la couleuvre de mon enfance qui vient de muer. Je dois m'éloigner des lieux de ma mue pour grandir, abandonner mon ancienne peau, devenue un vieux souvenir desséché. J'ai tout à la fois hâte de reprendre pied dans la réalité et peur de lâcher mes vieux fantasmes. Je suis au bord d'un précipice que je dois descendre en rappel, entre deux paliers, je crains de chuter avant de retrouver la terre ferme.

Le grand air m'étourdit, je ne suis pas encore très solide sur mes jambes, Juliette doit me soutenir.

— On va rentrer chez toi, je resterai quelques jours, le temps que tu te remettes pleinement.

Je proteste mollement, je n'ai aucune envie de lutter, ce serait inutile, Juliette balaie la moindre suggestion d'un geste du bras. Les bruits de la rue me montent à la tête, la circulation m'agresse. Il m'est difficile d'émerger après le manteau de silence des quatre murs et les tempes encore bourdonnantes de mes voix obsédantes. La journée n'est pas particulièrement ensoleillée, pourtant je cligne des yeux, la lumière me blesse. Suis-je donc restée si longtemps dans la pénombre pour m'être déshabituée du jour ? Je veux retourner dans l'obscurité immobile, la vie est trop vivante. J'ai nagé longtemps vers le large, de retour de ce long voyage, je reprends pied sur le sable, titubante d'épuisement telle la tortue d'eau qui s'enfonce sur la plage chaude pour pondre à l'abri des courants. Je croyais mon île plus proche.

Une voix monocorde soudain s'élève dans l'intimité de l'habitacle. Je suis surprise par cette voix, c'est la mienne, elle ne m'appartient pas, les mots se pressent de sortir comme s'ils craignaient qu'on les interrompe et que pétrifiés, ils doivent retourner dans l'ombre :

« J'ai le vague souvenir d'une *free party* où je suis allée par jeu. Je me vois en voiture en route pour les Landes, Je suis arrivée à la nuit tombée, il pleuvait, la voiture a dérapé. Embourbée, je suis sortie. Après, je ne sais plus. Une silhouette, des mocassins. Je revois très bien les mocassins. Quand je me suis réveillée, j'étais dans une pièce éclairée par une lucarne au plafond. À chaque fois que j'avais faim ou soif, je trouvais de quoi me sustenter et des vêtements propres comme si quelqu'un profitait de mon sommeil pour m'apporter le nécessaire. Emprisonnés entre ces quatre murs avec moi, une araignée tissait sa toile près de la lucarne et un mulot apparaissait et disparaissait. Une présence me tournait autour constamment, je sentais son souffle. » Ma voix se met à trembler, mes yeux se remplissent de larmes. « C'est terrifiant de penser que quelqu'un était là à m'observer sans que je puisse le voir. Je n'ai pas réussi à le surprendre, j'étais si fatiguée. »

Ma voix s'étrangle. Juliette prend ma main d'un geste rassurant :

— Chut, c'est fini, n'y pense plus.

— Mais c'est vrai ce que je te dis, la lucarne, l'araignée, le mulot, les vêtements… Tu ne comprends donc pas ?

— Je te crois, ma chérie. Calme-toi, on en reparlera dès que tu auras repris des forces, dit Juliette bouleversée par les confidences de sa sœur qui s'ajoutent au constat du médecin. Elle se demande si Camille aurait pu être victime d'un psychopathe qui aurait abusé d'elle et ne sait pas comment le lui dire, elle la sent si fragile.

Juliette a un drôle de regard, l'air de quelqu'un qui ne veut surtout pas me contrarier, comme si le médecin lui avait donné des instructions. Me prend-elle pour une folle ? À part l'accident, aurais-je tout inventé ? Nous longeons la Seine, j'ouvre la fenêtre, hume l'atmosphère, reconnais la rue, l'immeuble, mon balcon au dernier étage, j'ai du mal à y croire, comme à la sortie d'un vilain rêve. Je rentre « chez moi ».

Est-ce un lieu ? Est-ce mon corps dont je reprends possession ou est-ce mon esprit que je vais enfin réussir à contrôler ?

66

Munies du double des clefs du gardien, nous montons les étages. Je respire avec peine, c'est comme lors d'une ascension, lorsque l'oxygène se raréfie. Le sommet atteint, que vais-je trouver ? Pourquoi suis-je si oppressée ? En pénétrant je sens un courant d'air, la porte-fenêtre est ouverte, pourquoi ? Je m'avance pour la fermer, me ravise. Comme sur le seuil de la cabane, je respire l'odeur du large et m'adosse à la vitre. D'un horizon limité à quatre murs je retrouve la sensation des grands espaces, de la butte Montmartre jusqu'aux Invalides en passant par les ponts de la Seine et les tours de Notre-Dame. Immobile je scrute le ciel, les toits, les cheminées, les trouées de verdure, ils deviennent moi, je me fonds en eux, je suis le nuage qui les visite dans sa course vagabonde.

À l'intérieur, à première vue, tout semble en ordre, mais dans la chambre je fronce les sourcils. Je ne me souviens pas avoir laissé ce plaid sur le lit et un pot de cyclamens tout neuf trône sur la commode. Sur le secrétaire, le trousseau de clefs de l'appartement et le bloc-notes arrêté à la date du 23 septembre. Pourquoi ? Quelqu'un a investi les lieux et a voulu que je le sache. Je sens même une imperceptible odeur de parfum masculin. Cela me met mal à l'aise car elle m'est familière. Nous nous regardons avec Juliette, je frissonne, soudain j'ai très froid.

Qui ? Comment est-ce possible ? Cette découverte me paralyse, je me sens vulnérable, dépossédée. Je regarde les clefs, le bloc-notes… Juliette fait le rapprochement, me dit d'une voix sourde :

— Le 23, c'est la date à laquelle tu as été admise à l'hôpital.

Tandis qu'elle continue les investigations, je m'effondre sur le lit, prostrée. Pas de valise, pas de sac de voyage. Dans le garage, le box est vide, lui aussi. Nous n'apprendrons rien de plus ici. La clef de l'énigme se trouve-t-elle dans les Landes ? Je n'ai pas envie de partir, « Affronte l'obstacle, même si c'est douloureux ». C'est ce que me disait ma petite voix. Mais je ne peux bouger. Je suis de plomb. C'est comme si une camisole m'enserrait étroitement. Je veux rester dans mon nid retrouvé et le purger de cette présence étrangère intrusive. Au vide-ordures le pot de cyclamens et le plaid. Déchirées la page du 23, les précédentes et les suivantes. Ma nouvelle vie commence aujourd'hui, le 29 septembre. Je m'y installe. Juliette me regarde faire, murmure :

— Tu n'as pas envie de savoir ce qui s'est passé ? Tenter de comprendre ?

Je me suis habituée à mon immobilité, j'ai appris à l'habiter. Je n'aspire qu'à me plonger dans l'inertie d'un cocon douillet et l'oubli bienfaisant, à fermer portes et volets, à me fermer à nouveau à la vie.

Mais, Juliette veille et ne me laissera pas faire.

67

Dès le lendemain, nous avons pris la route. J'ai dormi pendant presque tout le trajet. Nous avons eu une pluie battante sur la plus grande partie du parcours et sommes arrivées sous un soleil radieux.

C'est de bon augure, le changement est au rendez-vous. Je retrouve l'endroit où j'ai dérapé sur le sol trempé et montre à Juliette le pin que j'ai écorché en faisant marche arrière, en m'embourbant. Je caresse la blessure du tronc. On peut effectivement voir une marque sur l'écorce de l'arbre, ce n'est pas flagrant. L'origine peut être tout autre.

Nous arrivons devant la maison. Si une voiture s'est garée là, il est impossible de le savoir, toute trace a été effacée par les intempéries. Sur la table du salon, bien en évidence, mon sac et le deuxième jeu de clefs de la maison, à côté, la valise à roulettes et le sac de sport que j'ai apportés. Ma voiture est dans le garage avec une éraflure sur la porte côté conducteur. Elle est nouvelle ou elle y était déjà ? Je ne me souviens plus. Les clefs sont sur le tableau de bord.

Mes deux lieux de vie ont été visités. Quelqu'un est entré, a tout laissé en ordre, puis est reparti en claquant simplement la porte. Je me sens blêmir. C'est comme si la présence continuait de rôder autour de moi, me suivait partout où je vais. Je ne peux faire un mouvement sans son ombre. Je me sens impuissante, me mets à trembler de façon incontrôlée. Ma sœur me prend par les épaules, m'assoit sur le sofa, me dit que l'on va tout aérer, tout secouer, purifier cet air pollué comme nous l'avons fait à Paris, et qu'elle restera dormir à mes côtés le temps qu'il faudra.

Juliette a raison, pour me libérer, je dois savoir. Mais que s'est-il passé exactement ? Il y a tant d'incohérences ! Cet inconnu, quand intervient-il ? Est–ce que je le connais ? Y a-t-il plusieurs histoires qui se superposent ?

Reprendre patiemment l'inventaire commencé et laisser le travail de mémoire faire son œuvre.

68

Et si j'avais été violée ? Ils se sont certainement posé la question à l'hôpital. Ils ne m'ont rien dit. Pourquoi ? Avec tout ce que j'ai avalé, je ne peux pas m'en souvenir, cela expliquerait tous ces délires d'ordre sexuel qui ont meublé mes fièvres. Juliette serait-elle au courant de quelque chose ? Je n'ose le lui demander. Comment affronter une telle vérité ?

Après cinq jours de sevrage, de sommeil, de balade au bord de l'eau, je me suis sentie mieux. Je commence à respirer à plein poumon ma liberté retrouvée. Les fleurs sauvages dans un vase, le parfum de Juliette qui flotte, un réagencement des pièces, l'écho des notes de piano sous nos mains expertes, l'odeur des pins par les fenêtres ouvertes. La maison est assainie, vierge de tout passage malfaisant. Au fur et à mesure que je récupère, nous parcourons la lande dans un périmètre de plus en plus élargi à la recherche d'un éventuel cabanon dans les environs dans lequel j'aurais pu être séquestrée. C'est une hypothèse envisageable, mais peine perdue, nous ne trouvons rien. Le passé perd peu à peu de sa réalité. C'est comme si j'avais tout inventé. Cet homme ressemble à un fait divers lu dans un journal. Aussi bien, je rejette sur un autre ce que je me suis infligé à moi-même. Rien n'est vrai que ma claustration, mes délires, ma souffrance.

À la tombée du jour, quand les grillons stridulent, que la brise du soir porte des bouffées d'air marin par la fenêtre entrouverte, assises en tailleur sur le tapis moelleux du salon, adossées au canapé de cuir fauve, évoquant nos souvenirs d'enfance nous retrouvons, ma sœur et moi, notre complicité d'antan. Je me plonge dans cette douce quiétude qui dilue mon angoisse latente depuis mon enfermement. J'aimerais étirer ces instants à l'infini comme une chatte qui bâille dans la tache de soleil et referme ses yeux en amande, les coins de sa petite gueule retroussée en un sourire sous l'effet de la fine moustache rêveuse et triomphante.

69

Hier, notre cousine Jenny, la fille de tante Clara, nous a appelées de Londres. Dans cette douce intimité, j'ai ressenti cet appel comme une intrusion. Chaque retour à la réalité me coûte. Je voudrais rester en suspens dans ce pays de nulle part que nous venons de recréer avec ma sœur, sans heurt, sans mal, sans saillie, tout en rondeur comme les accoudoirs de mon fauteuil acajou qui glissent sous la paume de mes mains.

Quelques jours plus tard, un autre coup de fil nous surprend dans notre quiétude. Cette fois-ci, c'est le patron de Juliette qui, la croyant à Londres, voudrait qu'elle en profite pour rencontrer rapidement une cliente de passage. Le monde extérieur reprend ses droits.

Il faut que je sorte de ma torpeur et bien que Juliette refuse de me laisser seule, je dois l'inciter à repartir. Je ne peux la retenir davantage pour partager ma solitude. Pour la convaincre, je la rassure sur mon état, affiche une force que je suis loin d'éprouver, mets en avant la mission qui lui est confiée et l'aide à préparer sa valise.

Au moment du départ, mon étreinte la remercie de sa venue et de sa sollicitude. Sans son inquiétude, je serais sans doute encore à l'hôpital, perdue, amnésique. Je lui promets de l'appeler tous les jours. Juliette m'enveloppe d'un regard intense, elle a peur de me laisser seule dans cette immensité landaise. Elle a programmé la visite d'un voisin chaque jour, pour la semaine à venir et m'avoue avoir prévenu la gendarmerie. Son ami Claude viendra voir de temps à autre si tout va bien. Je dois l'avertir quand je repartirai.

« Avant mon départ pour New York, je reviendrai à Paris et nous irons ensemble voir tante Clara. » Ses lèvres un peu tremblantes ont pressé mon front et mes joues. Ses mains ont serré les miennes. Elle est partie.

J'ai suivi des yeux le sable soulevé par les roues de la voiture qui s'éloignait. Un écureuil, du tronc d'un pin, a sauté sur le rebord de fenêtre et a penché ses petits yeux curieux vers moi, je lui ai souri, il a sauté sur le toit. J'ai fermé la porte.

Bel écureuil, tu es moi quand je reprendrai goût à la vie. Pour l'instant, elle est sans saveur, je lui préfère mes obsessions.

70
Une semaine plus tard

Il arrive, essoufflé, tendu. Je ramasse du bois mort, l'activité champêtre me fait du bien. Dans l'action, je noie ma peine. Il fait encore très chaud, sur ma jupe courte je porte une brassière blanche qui dévoile mon ventre encore brun de l'été indien.

« Bonjour. Je suis désolé de vous déranger Je suis tombé en panne, et n'ai plus de batterie sur mon portable, puis-je me permettre…

— Je vous en prie, qui voulez-vous appeler ?

— Y a-t-il un garage dans les environs ?

— Oui, Paulo, à Uza. Je l'appelle, si vous voulez.

— C'est fort civil de votre part. J'ai cette conférence… On va m'attendre, c'est très ennuyeux. »

Le temps de boire un verre, nous entendons le ronflement de la dépanneuse. Tiré comme une vulgaire remorque, son coupé sport Mercedes noir a perdu toute sa superbe. Au garage, le diagnostic tombe, la pièce à changer doit être commandée. La voiture ne sera prête que samedi. Tout en le conduisant à Saint-Julien pour louer un véhicule, je l'interroge sur sa conférence. Il me répond par monosyllabes, une forte migraine étreint ses tempes. Je lui propose de passer par une pharmacie et l'observe. L'inconnu auquel je suis venue en aide, est grand, mince, porte… des mocassins… sa voiture est un coupé. Cela m'interpelle. La panne de voiture serait-elle provoquée ou fortuite ? Ma respiration s'accélère.

Arrivés devant l'officine, Il s'efface pour me laisser passer. J'entre et stupéfaite mon regard croise celui de Gerry. Étrange coïncidence. Je sais bien qu'il est très ami avec le pharmacien et que souvent entre deux visites, il vient à titre professionnel ou amical mais je ne m'y attendais pas. Nous ne nous sommes pas revus depuis notre querelle, il y a plus de quatre mois. Il fronce les sourcils, contrarié. Je sens son regard peser sur moi, tout à coup, ce lieu est devenu étouffant. Il passe dans l'arrière-boutique et c'est une des préparatrices qui nous sert avec un grand sourire. Une cliente à côté de moi se renseigne :

« Vous avez eu des nouvelles pour le vol ? Cela fait dix jours maintenant !

— Pensez-vous, rien du tout ! Sans doute un drogué, il n'en manque pas dans le coin ! Et ce n'est ni la première ni la dernière fois…

— Ce qui est curieux c'est qu'outre la morphine, il vous ait pris des somnifères et des anxiolytiques.

— Ils prennent ce qu'ils trouvent ! Et vous savez quoi, un des gendarmes nous a dit qu'une autre pharmacie à Dax a été "visitée" trois jours après la nôtre. Ils finiront bien par mettre la main dessus. »

C'est incroyable, cela aurait-il un lien avec mon enfermement ? La concordance est surprenante. Ce cabanon serait-il bien situé dans les environs ? Je n'ose poser de questions plus précises, c'est comme si j'avais honte. Je baisse la tête, regarde furtivement l'inconnu qui semble totalement indifférent à la conversation. Nous ressortons épaule contre épaule.

Le lendemain, après une nuit d'insomnie, Interflora me dépose des fleurs, accompagnées d'une carte de visite : « Pour vous remercier de votre gentillesse si spontanée et si sincère » signée Peter de Montserrat. C'est à la fois formel avec adresse, téléphone, mail d'affaires et titre, et très personnel avec ce petit mot qui sonne vrai. Au dos de la carte, un autre message : « J'aimerais beaucoup vous inviter à déjeuner dimanche et passer un moment avec vous, croyez-vous que cela soit possible ? »

Je recommence à me poser des questions, ne pas retomber dans un nouveau traquenard, rester sur mes gardes. J'ai promis à Juliette d'être vigilante. Je ne connais pas cet homme. Est-ce bien raisonnable d'accepter son invitation ? Quand vais-je pouvoir cesser d'être sur le qui-vive ?

Mes peurs sourdent, elles ont investi tout mon corps, tapissant les parois de mes organes et jaillissent régulièrement comme des fontaines en cycle fermé. Je sens tout autour de moi la menace de l'inconnu qui rôde et déploie ses ailes noires de corbeau. Était-ce une bonne idée de venir dans les Landes ? Je vérifie portes et volets. Je m'enferme.

71

Le dimanche, Peter de Montserrat est sur le seuil, polo impeccable, pantalon blanc. Il me conduit à Saint-Jean-de-Luz et me confie qu'adolescent, il y passait souvent ses vacances, chez des cousins. Il connaît donc bien la région. Après un copieux plateau de fruits de mer, nous déambulons dans les petites rues de cette station balnéaire, visitons des galeries de peinture, entrons dans des boutiques branchées, dans un atelier, je tombe en arrêt devant un pendentif original. Nous rions beaucoup. Je suis stupéfaite de la facilité avec laquelle cette journée se déroule. De rue en rue, nous nous retrouvons devant la plage. L'arrière-saison est douce, et l'anse bien abritée. D'un même élan, nous nous déchaussons et entrons dans l'eau jusqu'au-dessus du mollet. Les mouettes jacassent autour de nous.

Quand nous arrivons à la maison, il fait déjà nuit. Il ouvre ma portière et pour prendre congé, m'embrasse au coin des lèvres en laissant traîner les siennes un peu plus qu'il n'est convenable. Surprise, j'amorce un mouvement de retrait, mais déjà il se recule : « Dormez bien ».

Les deux feux arrière s'éloignent, je ferme le portail sur cette journée étrange. D'un service banal rendu, sur le fil de ce lien ténu, s'est greffée une sorte d'intimité. La vie est étonnante et réserve de drôle de surprises. J'ouvre le paquet qui dévoile le pendentif admiré et le caresse d'un doigt gourmand. Qu'est-ce que cela veut dire ? Mes craintes sont-elles fondées ? Je tente de retrouver les visages de la *free party*, mais tout est flou. Je monte les escaliers, me déshabille vite, et rompue de fatigue, m'endors, vêtue de mon seul bijou et de ma solitude.

72

Ce matin, un regain d'énergie m'incite à transformer la grande pièce. Je déplace meubles et tableaux, ajoute un miroir et des lampes que je désirais m'offrir depuis longtemps et parfais le changement par un bouquet de genêts tardifs et de roses trémières. Ravie du résultat, je mets de la musique et me plonge dans mon journal qui m'a obsédée pendant ces jours d'enfermement. Je mets du temps à mettre la main dessus, triomphante le retrouve au fond du tiroir de mon secrétaire. Je m'installe confortablement sur le sofa et m'absorbe dans sa lecture.

1993

13 novembre : C'est lui qui aurait dû être plus âgé. Il n'a pas la maturité nécessaire pour être à la hauteur d'une telle situation. Comme moi au même âge, il est narcissique, désireux de plaire, quelque peu briseur de cœurs, voire cruel comme un enfant. Quand deviendra-t-il un homme à l'image de l'autre partie de lui-même ?

Décembre : Ce n'est peut-être que du désir, un désir immense, intense, on dit être « fou de désir ». Ce devrait être *plus facile à vivre mais bien au contraire le corps se souvient, ô combien, de chaque instant passé.*

1994

13 avril : On dit que je suis belle mais je me sens vieillir, je n'aime pas ça du tout. L'approche de la cinquantaine ? Et ses conséquences physiologiques ?

Octobre : Comment peut-il brider son désir sans souffrir ? La sexualité est une fleur fragile.

1995

15 mars : J'ai l'impression d'avoir perdu mon bel amour et me trouve amoindrie.

Novembre : Je veux profiter encore de ces instants précieux où nos deux balançoires fugitivement s'effleurent, se touchent, se reconnaissent. Peut-être s'élanceront-elles à nouveau ensemble ? Je suis inondée de tous côtés, je tente de résister, mais je n'arrive plus à me protéger. Je n'aime vraiment pas l'automne…

1996

15 juin : J'aurais aimé porter un enfant de lui, maintenant il ne me suit plus sur cette voie.

17 juin : Comment peut-il être heureux quand je suis en larmes ? Comment peut-il aimer dans ce silence qui s'étire et me blesse ?

Juillet : L'image des eaux du Rhône vif m'apparaît, je suis au centre d'un tourbillon, ne cesse de couler et de refaire surface. Je me perds dans cette relation dans laquelle je ne maîtrise plus rien.

Octobre : Il en voulait plus, je l'ai suivi dans cette folie, je me voyais très bien vivre en province en Thérèse Desqueyroux revisitée, heureuse. Je le croyais constant et fidèle, il était si pressant, me bombardant de témoignages d'amour plusieurs fois par jour, m'enivrant de mots tendres qui l'engageaient, comment aurais-je pu douter de sa sincérité ? Beaucoup d'hommes confondent le désir amoureux, si volatil, à l'amour vrai, authentique, qui puise ses racines au fond de l'être, ils déclinent le verbe « aimer » sans savoir à quoi ils s'engagent. Les mots sont parfois bien limitatifs, il faudrait en inventer d'autres, moins galvaudés.

1997

27 mai : Enfin ! Je suis en deuil de mes deux grands amours mais je me sens indestructible et définitivement hors de leurs griffes !

Je souris, tout cela me paraît si lointain et si proche. Chaussée de mes bottes de sept lieux, ces dernières semaines j'ai parcouru un long chemin et franchi bien des obstacles, mais il me reste à retrouver le désir de vivre.

73

Et si je dansais ? Je referme mon journal, choisis un DVD et me mets à tournoyer au rythme de la musique. Joie d'être. Soudain, une ombre se profile, Gerry. Je l'aperçois et me fige. Il ne me quitte pas des yeux.

Je comprends aussitôt que c'est la dernière fois que je le vois. J'ancre en moi toutes les vibrations de ce corps sensuel que j'ai tant aimé, de ce sourire que j'ai caressé, de ces lèvres qui m'ont enivrée. Il ne peut plus me faire de mal et je veux qu'il efface tous les délires dont j'ai été le jouet et les attouchements dont j'ai pu être victime. En routarde tranquille, j'avance vers lui, sûre de moi. Il m'attend.

Il a hésité à revenir, me confesse s'y être pris à plusieurs reprises, son désir aiguisé par la morsure de la jalousie l'a poussé à franchir le pas. De la porte-fenêtre entrouverte, il a pris conscience de la musique qui s'échappait, forte et rythmée et aperçu par intermittence une volute qui virevolte, des hanches pleines sous la chemise transparente, une peinture de Degas m'avoue-t-il.

Il a monté les quelques marches, subjugué par la grâce de ce corps dansant. Il en reconnaît chaque partie, me confie que passé l'instant de grâce de notre rencontre, il avait connu une femme mûre qui pèse, lourde de ce qu'elle a vécu, de ce qu'elle porte, c'est ce qu'il a aimé et qui l'a attiré. J'ai ébranlé toutes ses certitudes. Du jeune homme qu'il était, il est devenu un homme. Aujourd'hui, il me trouve évanescente, tout en longueur, libre, je ne suis plus la même femme. Je suis hors d'atteinte. Il me contemple, fasciné.

Quand je suis tout près, il m'enlace, ses lèvres se posent sur mon cou, la magie se renouvelle, il me caresse la bouche, comme autrefois… Mon corps ploie. Il me porte dans ses bras et me dépose comme un objet fragile. Nous glissons dans les draps frais et sans un mot il m'envahit de sa tendresse. C'est doux d'être aimé comme une sonate à quatre mains de Chopin.

Au petit matin sans bruit, il s'est levé, rhabillé. Sous mes yeux mi-clos, il a contemplé mon corps nu et mon visage encore endormis. Pour la dernière fois, il a tiré la porte derrière lui.

74

« Patience et immobilisation », « Marche lente », « Marche rapide », « Sprint » m'a recommandé un jour mon oncle après mon opération du genou. Il a raison. Ces mots prennent tout leur sens. J'ai passé la première étape. Je dois, maintenant, réapprendre à mettre un pas devant l'autre, comme un jeune enfant, et à marcher dans la vie sans vaciller. C'est difficile, je trébuche à chaque pas et dois fournir un effort pour rester à flot comme une chaloupe par mer houleuse.

Cet homme avec qui j'ai partagé une grande partie de ma vie, je l'ai tant aimé que cela m'étouffe. « Partagé » c'est absurde, je n'ai rien partagé avec mon mari, il ne sait pas ce qu'est le partage. Je me pose toujours la question : pourquoi je continue d'espérer encore et encore contre tout bon sens ? Si j'étais en deuil, pourrais-je tourner la page ? L'absence définitive est terrible. Mais c'est par compassion pour vous-même que vous pleurez. C'est une affliction fort égoïste. Quand mon amie Béatrice a disparu, il est vrai que j'ai eu du chagrin pour son mari, mais j'ai aussi beaucoup pleuré sur moi. Je perdais une amie drôle et fidèle, j'étais accablée, mais sachant que c'était irrémédiable, je me suis relevée plus vite, j'ai parié sur la vie pour ne pas faire face à ma propre mort.

Aujourd'hui, j'ai décidé de faire un grand ménage comme pour me dépoussiérer moi-même. Je secoue les tapis, vide des tiroirs entiers, remets de l'ordre dans les armoires, fais table rase de plein de bibelots-souvenirs, puis je vide le tout à la déchèterie. Je me sens plus légère. Le passé prend une part relative, le présent sa vraie place, j'aimerais qu'il la prenne toute. Je suis neuve, fragile et forte.

J'ai gagné ma première bataille. J'ai eu le courage de mettre fin à mon histoire avec Gerry, celle-ci a pris tout son sens. Je me sens purifiée. Il a effacé les stigmates de mon corps souillé, je ressens la complétude de ce moment et lui en suis reconnaissante. Maintenant, il peut rejoindre lui aussi la malle aux souvenirs des petits et des grands bonheurs et cesser de me torturer. Pour acter cette victoire, j'ouvre une page blanche de mon journal intime.

29 septembre : Je vais pouvoir mettre en œuvre mes projets.

30 septembre : Je me sens libre, je conduis le side-car en pleine visibilité, j'en suis le pilote éclairé.

Je dois poursuivre le dépoussiérage. Il est temps de savoir où j'en suis avec Petit Jean. Je lui envoie un courrier et reçois une réponse laconique. Il pense à nous parfois, avec nostalgie, comme un souvenir qui se décolore avec le temps, il n'est toujours pas prêt à se fixer. Avec lui, je resterai le coquillage sur le rocher chahuté par ses allées et venues, comme par le courant de la haute mer. Nouveau renoncement, nouvelle perte. Cela ne s'arrêtera donc jamais ?

Le visage de l'enfant de Gerry que j'aurais pu avoir me hante. Je n'ai rien, ma vie est un vide vaguement incarné. Pourquoi ce mot commence par la même lettre que le mot victoire ? Mon frère perdu dans le *bush* Australien, absorbé par l'observation des papillons, happé dans un autre monde dont j'ignore tout et dont j'ai parfois des nouvelles au détour d'un article scientifique, ma sœur Juliette aux États-Unis engloutie par son travail, ma nièce, débordée par sa petite famille, ma propre tribu, éclatée. Où est ma place ?

Pourquoi la chercher auprès d'un homme ? Quand j'étais adolescente j'étais plus sage, quand un homme me regardait avec du désir dans les yeux j'avais envie de lui dire : « c'est bon, on peut passer à autre chose ? » Voilà la vraie sagesse. Maintenant sans le désir de l'autre je n'existe plus. Je suis incapable d'avancer seule, toujours au bord du gouffre, aspirant à y tomber. Je ne désire plus rien, je ne veux plus rien, je n'en peux plus de survivre, je n'en peux plus de tous ces départs. J'ai atteint ma limite du vide.

Je veux bien flirter avec la mort, mieux vaut en faire une amie, elle est toujours prête à vous accueillir les bras grands ouverts et à vous envelopper de sa tendresse, mais je voudrais qu'elle étreigne une coquille pleine, pleine d'une vie vécue. Pour l'instant, je me sens incomplète. J'ai aimé l'Autre passionnément, d'un amour inconditionnel et pérenne, mais n'en est pas connu la réciprocité, moi qui n'ai su me faire aimer qu'en pointillé. Si je connaissais un tel amour, Je n'aurais alors plus de regret. Mais peut-être que je me trompe, si j'adhère à la définition bouddhiste, c'est la vacuité même de mon existence qui en fait sa richesse. Dans ce vide, tout changement devient possible, il me délivre de mon ego, de la perception dualiste des choses, de l'illusion de celles-ci telle qu'elles m'apparaissent, je comprends que rien n'est séparé, tout est lié.

En étant vide de moi, je deviens libre, disponible.

75

Je continue de chercher le cabanon. Il doit être si anodin extérieurement qu'il a dû échapper à mon regard et à celui de Juliette. Je n'ose aller trop loin seule, j'ai peur. Et si le kidnappeur était encore dans les environs ? Même en plein jour, ce n'est pas prudent, la lande est désolée en cette saison. Je me fais accompagner par le chien de la voisine, un grand doberman, ravi de se dégourdir les pattes. Mais j'ai beau arpenter la lande en tous sens, me faufiler sur des sentiers étroits dissimulés par de hautes fougères, me courber sous les buissons d'althæas, je ne l'ai pas trouvé. Pourtant, sous la couverture sombre des pins, des bâtisses inattendues, à l'allure fantomatique comme des bateaux abandonnés, surgissent à ma vue, leurs portes en bois plein bien cadenassées, dans l'attente de l'appel saisonnier. Je dois me tromper, peut-être est-il plus loin que je ne l'imagine.

Je ne m'y suis jamais sentie prisonnière, emprisonnée mais pas prisonnière, sans doute parce que déconnectée de la réalité, j'ai pu laisser vagabonder mon esprit au gré de ma fantaisie hallucinatoire. J'ai aimé cela. C'est donc si difficile d'affronter la réalité ? Avec le vol à la pharmacie, les investigations de la police mettront fin à mes questionnements.

Des projets encore imprécis dansent dans ma tête avec l'envie de les mettre en œuvre, mais mon ancienne peau comme un filet m'entrave. Je décide de me libérer de mes fantasmes en écrivant mon enfermement. Il est temps d'inverser la trajectoire, de dépasser ces pertes qui m'ont fragilisée, comme autant de deuils, et d'y puiser ma force.

Tous les matins, je m'assois à ma table, une plume fait la fière dans un encrier et un cahier d'écolier trône sur le revêtement en cuir mais c'est sur le clavier de mon ordinateur que les mots s'inscrivent. L'écureuil aux petits yeux inquisiteurs m'observe de la branche de pin par la fenêtre entrouverte, je lui laisse des gâteries sur la table du jardin qu'il s'empresse d'escamoter tel un prestidigitateur. Quand le cliquetis des touches ralentit, que les mots traînent leur paresse et se refusent à paraître, je pars flâner dans la pinède puis traverse les dunes jusqu'à la mer offrant mon visage et ma gorge aux rayons généreux de l'arrière-saison. Cette saison entre deux est à mon image du moment, elle laisse avec tristesse s'éteindre les feux de l'été sans se décider à arborer la large palette des ocres de l'automne.

76

Sur la dune, face à la mer, les yeux fermés, j'attaque ma ronde de points de vue, comme une méditation quand une voix tombe d'en haut : « C'est beau, n'est-ce pas ? »

Je l'intègre comme un écho de mon esprit, une ombre passe sur le voile de mes paupières mi-closes, je bats des cils, entrevois une silhouette floue, penchée : « On dirait une madone païenne ou une Diane chasseresse au repos qui boit la nature ».

Je reconnais cette voix, de la main je tapote la veste à côté de moi, comme une invite. Peter s'assoit, prend la même pose, ferme les yeux :

— C'est votre endroit de prédilection ?

— Les couleurs sont magiques. Par-delà la brume de chaleur, je devine une île mouvante dans le lointain, un vrai mirage, comme en Afrique.

Je pointe l'index vers la mer.

— Vous en êtes la gardienne ?

— J'aime le penser.

— Et vous êtes ma prisonnière.

Je sursaute à ce mot, m'écarte et le fusille d'un regard farouche et apeuré. La main qu'il tendait reste en suspens, il ouvre des yeux étonnés : « Qu'y a-t-il ? »

Il a l'air si sincère, que je me sens tout d'un coup stupide, mais le charme est rompu et je sens mon cœur battre de façon désordonnée. Je me lève avec brusquerie, manque de tomber, il me rattrape. À son contact, je me raidis, il s'écarte à son tour, me jette un regard intrigué.

— Vous êtes toute pâle. Cela ne va pas ? Vous voulez rentrer ?

— Je crois qu'il vaut mieux. Je suis désolée, juste des souvenirs, rien à voir avec vous.

Je m'entends mentir effrontément. Les mots qu'il a prononcés ont réveillé mes doutes. Nous avons traversé la dune, sans un mot.

Qui est donc cet homme qui a surgi de façon si inattendue ? Il reste poli, ne demande rien, et repart discrètement comme il est venu. Si je le revois, il faut que je m'explique, pas question de réitérer mes expériences précédentes.

Pourquoi a-t-il employé ce mot « prisonnière » ? Il n'est pas si courant. Je n'appartiens à personne et ne suis certainement pas un objet que l'on enferme. C'est ce que j'ai été pendant toute ma vie conjugale, un objet de représentation, prisonnière des règles sociales. Comment peut-il employer un tel mot ? Du latin *Prensio,* de *prehendere*, prendre, comme on attrape un poisson et qu'on le ferre. Je le vois s'agiter au bout de la ligne sans pouvoir se défaire de l'hameçon qui le tient bien sous son joug. Je refuse d'être ce poisson, je veux être libre et frétiller à ma guise, choisir mon cours d'eau. Deux lettres séparent le mot « horizon » de celui de « prison » ils riment mais l'un élargit la vue, l'autre l'abolit.

77

Les jours s'envolent, j'écris.

La mer a changé de couleur, elle est devenue lisse, verte et transparente, elle m'attire, j'aimerais m'y plonger mais elle est froide, indifférente à la crampe qui guette, je ne veux pas devenir sa proie.

J'écris.

J'écris mes peurs passées, ma peur de l'Autre qui m'a collé à la peau et de son emprise qui m'a empêché de vivre et je la vomis. J'écris mes peurs à venir, la peur de vieillir, la peur de découvrir qui je suis et de ne pas m'aimer. J'écris l'écureuil rieur, le pin étouffant qui hurle sous le vent, la fougère envahissante qui accroche le mollet, le sable fin qui s'incruste, l'herbe courte qui résiste en haut de la dune. J'écris les couleurs qui se métamorphosent, le vol des oiseaux qui fuient vers la chaleur, le ciel qui rosit chaque soir, le crépuscule qui étreint et angoisse, le feu qui crépite.

Ma solitude est insondable.

Le paysage s'altère, mon être se refond, se rétracte, cherche une place où se poser. Sur le fil, mes congénères ont fui vers les tropiques, me laissant dans un vide abyssal, je suis en équilibre, n'ose aucun mouvement de peur de choir, je crie à l'intérieur.

Une partie de moi est morte, vidée comme un sac secoué à la fenêtre, j'ai décollé chaque étiquette des vieilles croyances qui s'accrochaient comme des ventouses. Je laisse derrière moi une forêt d'arbres pétrifiés et m'ouvre à un horizon vivant.

Je voudrais retrouver mon désir d'aventure et l'amour de vie qui me portait avant mes vingt ans pour éloigner le rideau d'obscurité qui s'abat sur mes épaules. Le monde du dessous me tire à lui, les ténèbres me fascinent, m'aspirent. Je mobilise toute ma volonté pour échapper à cette attraction fatale.

Je pense à mon frère, à notre adolescence. Timothée, te souviens-tu de notre virée aux États-Unis ? Comme nous nous jetions à corps perdu dans l'aventure ? Cette audace qui nous portait toujours plus avant ? Moi la plus jeune, j'étais l'étendard brandi et tu me suivais heureux de quitter ton image d'aîné sérieux que l'on t'avait imposé. Tu me manques terriblement, tu t'es enfermé avec tes papillons et moi j'ai cédé à l'attraction de mes névroses. La vie est courte, il faut réagir et grandir vite si je veux profiter de ce terrain de jeu admirable et me réjouir de sa magie. En ai-je encore envie ?

Je décide de remonter vers la capitale, je boucle ma valise comme j'ai bouclé mon passé. C'est joli une boucle, elle revient sur elle-même, quand on la coupe, il ne reste qu'une mèche toute raide qui ne demande qu'à croître à nouveau.

Deux jours plus tard, je ferme les volets et verrouille la porte sur mon enfermement.

78

Je reprends mon travail à temps partiel au musée, recontacte mes clients qui m'ont fait l'amitié d'accepter les retards dus à mon absence forcée, et me lance dans un projet qui me tient à cœur depuis longtemps, l'ouverture d'une école de dessin pour enfants. Une école spéciale pour enfants en difficulté, physique, mentale ou émotionnelle. L'idée m'est venue à la suite d'une conversation avec un de mes petits neveux. Au cours d'une promenade, je lui faisais admirer les oiseaux qui jouaient dans le ciel quand il m'a surprise par cette réflexion :

— Tu sais Nénitoa, ce que j'aimerais c'est serrer dans mon poing le vol des oiseaux,

— Pourquoi veux-tu retenir le vol des oiseaux dans ton poing ?

— Pour m'envoler comme eux, parce qu'ils ont l'air de bien s'amuser, de jouer avec le vent et de faire ce qu'ils veulent. J'aime faire ce que je veux.

— C'est une très bonne idée, mon chéri. Ferme les yeux, pense très fort aux oiseaux, vois-les voler dans ta tête comme tu les vois aujourd'hui et ferme le poing. Chaque fois que tu auras envie de voler, il te suffira de fermer puis d'ouvrir le poing et cette image s'imposera à toi et tu pourras voler.

Et nous avons joué à ouvrir et fermer le poing et à retenir le vol des oiseaux. Du haut de ses six ans, mon petit neveu avait découvert la notion de liberté. En rentrant à la maison, il m'a demandé une feuille de dessin et de la peinture pour dessiner le vol des oiseaux.

J'ai loué un atelier sur les hauteurs de la colline de Saint-Cloud, acheté le matériel qui me manquait et des toiles vierges que je contemple avec gourmandise. J'ai hâte de m'y mettre. En parallèle, j'ai contacté une association pour m'aider et me conseiller dans mes démarches. Dans cette école, je voudrais encourager chaque enfant à dessiner ses rêves, et ce sans jugement ni contrainte. Je voudrais aussi qu'ils puissent extérioriser leurs angoisses dans une atmosphère de confiance et de bienveillance. Cela peut aussi bien aider les enfants en difficulté scolaire que ceux traumatisés dans leur petite enfance ou les handicapés physiques ou mentaux. J'espère ainsi en faire des petits enfants heureux de vivre, à leur place dans la société et à l'école, pas toujours adaptée malheureusement aux cas marginaux.

Je décide d'en parler à Garance qui s'est mise dernièrement à la mosaïque, et avec tante Clara qui a elle aussi « touché » à la peinture quand elle était jeune. Leurs conseils me sont précieux. Puis, je commence à nouer des contacts et tout s'emboîte naturellement. Je trouve d'abord un lieu, puis rencontre des parents prêts à me confier leurs enfants. Mon appartement est devenu un deuxième atelier, Il y a de la couleur partout, c'est un joyeux patchwork avec des toiles aux murs, sur les sièges, même sur le parquet où s'entremêlent des croquis.

Peter est venu me rendre visite, il a été stupéfait et désorienté par ce chaos. Il n'est pas resté. Je ne l'ai pas retenu. Visiblement, il n'est pas très à l'aise. C'est dommage, j'aurais aimé qu'il partage ma joie enfantine. Toute cette couleur ouvre à elle seule un nouvel espace auquel, lui le scientifique, aurait pu être sensible. L'espace est créé par notre rapport au monde, il est subjectif. Ce lieu qui m'est familier s'étire soudain à l'infini, revêt plusieurs dimensions dans lesquelles je me perds. Mon imaginaire s'y abreuve et la pièce se peuple de nouveaux paysages.

Plus prosaïque, Peter m'a proposé de sortir le lendemain en forêt de Rambouillet. Pourquoi pas ? Cet homme m'intrigue. Mon corps, en sa présence, ressent des sensations contradictoires. Il m'attire et en même temps, Il me tient à distance.

79

Le ciel était menaçant mais nous a réservé sa clémence jusqu'au bout. Partis tôt le matin pour conjurer le sort, nous nous sommes retrouvés promeneurs solitaires dans cette forêt encore nue. J'ai aimé cette allée bordée d'une double haie rectiligne qui coupait le lac en deux en rejoignant ses rives rousses encore détrempées. Les chemins étaient encore si bourbeux qu'il nous a été impossible d'en faire le tour.

Je regarde Peter, je ne m'en lasse pas. Son grand manteau vert sombre qui lui bat les chevilles, son allure altière de châtelain un peu désœuvré et ses yeux bleus en font un personnage romanesque, sorti d'un tableau vivant. Ce flegme britannique, cette distanciation vis-à-vis du monde qui l'enveloppe d'un certain mystère m'attirent. Les tempes argentées, le nez aquilin, il pose un regard impérieux sur les choses, mais sa bouche qui se plisse en un sourire affable détonne dans cette superbe. Il est un paradoxe vivant, à la croisée de son héritage anglais, de son éducation bourgeoise bien-pensante et de ses royaux aïeux. Mais depuis nos premières rencontres dans les Landes, je reste sur mes gardes.

Nous nous sommes arrêtés dans une auberge et avons bu un thé chaud réconfortant. Je lui ai narré brièvement l'évènement malheureux dont j'avais été la victime récemment pour l'éclairer sur ma sensibilité à certains mots. Il m'a remercié de ma confiance, promis d'en tenir compte, mais n'est pas vraiment entré dans le débat. Simple désir de ne pas s'impliquer ou distanciation réfléchie ? Il m'a raccompagnée bien sagement à la maison.

En rentrant, en dépit de l'heure tardive, je me suis mise à peindre frénétiquement. L'appel de ma nièce m'interrompt :

— Tu pourrais descendre dans le sud pour garder les petites ? Je pars à Houston la semaine prochaine.

Rentrée récemment en France, ma nièce Nina, la fille de mon frère, n'a pas encore fini d'organiser sa vie familiale. Je réfléchis rapidement, j'ai quelques jours devant moi avant de commencer les premières réunions avec les enfants et ne reprends mon travail au musée que dans quinze jours. Je me fais une joie de retrouver les filles. Un moment de bonheur inattendu s'offre à moi.

80

J'arrive le dimanche soir. Tous les jours, je me régale de pouvoir profiter de mes petites nièces. L'appartement domine le petit village d'Eze, il se situe juste dans une trouée entre deux collines vertes. La colline de droite est plus sauvage et abrite un parc national. Elle ressemble au maquis de mon enfance avec sa végétation basse, ses cailloux, ses chênes et ses pins. Le vendredi, il y a un bon soleil. Je suis seule avec une longue journée devant moi avant le retour des enfants partis pour une journée pique-nique avec le centre aéré. Je me chausse confortablement, mets un jean et un tee-shirt, prends ma grosse veste au cas où l'air fraîchirait, je suis si frileuse…

Me voilà partie à l'assaut du chemin qui serpente. J'avance bravement comme une petite chèvre. Je freine mon allure naturelle pour ne pas forcer, ne pas risquer de me tordre la cheville sur le chemin escarpé et caillouteux. Au détour d'un virage, un rocher plat invite à la contemplation de la mer, je m'approche, étale tranquillement ma veste et m'assieds au soleil. Je respire à plein le parfum du maquis. Mon mobile sonne, c'est Peter, qui donne des conférences en ce moment à Nice :

— Où êtes-vous ?

— Je suis dans le parc national, le chemin à balise jaune.

— Je peux venir troubler votre tranquillité ?

— … Oui.

Un oui qui ne sonne pas franc. Je ne sais toujours pas quoi penser.

Il a fait vite. Comme dans les Landes, debout sur le rocher, il me fait voyager ou plutôt ici visiter les lieux :

— Au loin, c'est le cap de Juan les Pins et devant nous c'est Le Cap Ferrat. J'y ai passé une partie de ma jeunesse. Ma mère avait une villa au bord de l'eau et donnait souvent des fêtes. C'est un cousin qui l'habite maintenant. Il doit y être en ce moment, si vous voulez je vous y emmènerai. Venez, je vais vous montrer tous mes endroits secrets !

Il m'aide à descendre du rocher et me guide dans les passages difficiles. J'accepte sa main. II me fait découvrir des endroits inattendus et de belles échappées sur la côte. Le temps passe vite. Il me ramène juste à temps pour les enfants.

Je m'active dans la cuisine et les filles m'étourdissent de leur babil, me racontant par le menu leur grande journée pleine de péripéties, je leur souris, les serre dans mes bras, assieds la plus petite sur sa chaise haute, donne à boire à la deuxième, attache les cheveux de la plus grande.

Maintenant les voilà couchées, fatiguées de leur longue journée et de toute l'excitation qu'elle leur a procurée. Je goûte chaque instant de ce soir qui tombe. La brume est descendue, des filets de nuages s'étirent jusqu'à la mer, un chien aboie, une mère appelle son enfant, des voix confuses me parviennent, les voitures serpentent sur le chemin de retour et les échos de moteurs de motos résonnent. De la terrasse, je guette la petite voiture orange qui devrait bientôt monter, le car appelle ses derniers passagers. La brume se déplace, voilant maintenant la colline, la route, les toits rouges et soudain en un balayage rapide d'essuie-glace tout se dégage, seul un mamelon à gauche reste nimbé de nuages. Une pluie fine se met à tomber au moment où paraît la petite voiture de ma nièce.

81

Au petit matin, alors que la maisonnée dort encore, un bruit insolite contre le volet me réveille, je me lève. Peter une poignée de gravier à la main, a l'autre posée sur le guidon d'une moto :

— Debout, paresseuse, il fait un temps radieux, mes chevaux piaffent, aujourd'hui je vous enlève.

C'est pour le moins inattendu. Peter, moto, deux mots que je n'aurais pas conjugués ensemble ! Il s'assoit sur la pierre déjà chaude et se met en position d'attente. Je parais, avance d'un pas décidé, enfourche la moto. Il prend le deuxième casque, effleure ma joue avant de l'ajuster, monte à son tour et met la gomme. J'appuie mon buste contre son dos, sens ses muscles virils, le contact de sa jambe le long de la mienne quand je serre les cuisses et laisse mon visage s'imprégner de l'odeur de son mince blouson de cuir. Il m'offre ce dont j'avais besoin pour me remettre en selle, une chevauchée amoureuse, la chaleur d'un corps masculin, sa force, un sentiment intense de liberté avec le vent qui vous fouette dans les virages comme lorsque toute jeune je galopais à la lisière de l'eau, gaillarde et décidée, sur ma fière monture alezane.

L'énergie enfouie et prisonnière s'est libérée pour un temps au contact des enfants et de Peter. Surfer sur cette planche et caracoler. Quelle délicieuse sensation après le noir, le silence, la fermeture ! S'ouvrir au soleil, à la bise légère, au ciel, aux nuages qui passent, aux trilles des oiseaux, à la libellule bleue, à la vilaine mouche qui taquine, à la fourmi qui chatouille la cheville, à l'herbe verte qui se dresse et croît sous vos yeux émerveillés.

Revivre.

Seule.

82

De retour chez moi, je me suis investie dans mon projet. L'association m'a trouvé une salle, quelques élèves de tous âges se sont inscrits ; je vais pouvoir ouvrir mon école. J'aime le contact avec les enfants, partager leurs joies enfantines, les voir absorbés par leur tâche et s'y s'investir avec passion. Ils sont sans jugement et vous font confiance. J'espère que ce qu'ils vont expérimenter aujourd'hui ou demain, leur procurera non seulement un bonheur immédiat, mais aussi un acquis sur lequel ils pourront s'appuyer plus tard une fois adultes pour les conduire vers leur vérité et leur liberté.

Je téléphone souvent à ma tante qui suit ce projet avec intérêt. Il la renvoie à ses souvenirs hospitaliers dont elle aime m'entretenir. Ma tante a travaillé pendant plusieurs années pour un service psychiatrique et a passé sa vie à apporter son aide à des associations pour personnes en détresse morale, malmenées par la vie. Nous ne parlons pas de mon traumatisme, c'est trop tôt, je n'y parviens pas. Mais je sais qu'elle saura me guider. Quand j'irai mieux, nous irons la voir avec Juliette. Pour l'instant, ce projet d'école accapare toute mon attention. Être créative, m'occuper d'enfants me satisfait pleinement.

83

Rentré de New York, Peter m'a invitée à dîner chez lui. Il a un appartement dans un bel immeuble haussmannien, rue de Longchamp, près du Trocadéro. Beaucoup de vieux livres, des meubles de brocante de luxe, une tapisserie des Indes, un tableau de Matisse. Cette atmosphère vieille France est en contraste complet avec son mode de vie. C'est ce que j'aime chez Peter, ce côté désuet assorti d'une grande jeunesse et modernité. Nous sommes passés au tutoiement.

Après un repas raffiné aux chandelles livré par le traiteur, installés confortablement dans son salon, sur le fond musical des nocturnes de Chopin, nous avons longuement parlé de nos goûts, de son amour pour l'astronomie, de ses connaissances sur l'origine du monde, il ne manquait que le crépitement du bois dans l'âtre d'une cheminée pour me projeter dans la chaleur d'un chalet de montagne. Je me voyais dans la neige sous la voûte céleste étoilée, l'œil rivé au téléobjectif observant les facettes de la lune. À une heure avancée de la nuit, il s'est levé et m'a conduite à la chambre d'amis. Je suis restée là, assise sur le lit, rêveuse, à contempler un Picasso, « la chambre bleue » et sa baigneuse. Pas un bruit ne filtrait à l'extérieur de la chambre. J'ai dormi en bienheureuse dans la tiédeur de draps anciens de lin brodés et d'une épaisse couette. Notre relation balbutie à peine mais c'est comme si j'avais atteint, à mon insu, un havre de paix. Quelle réparation est à l'œuvre ?

Il m'a réveillée en me portant un plateau au lit, théière en argent remplie d'un thé noir russe, tasse de Limoges ivoire, croissants chauds, jus d'orange frais, bouton de rose rouge. Un vrai service d'hôtel. Puis il est parti.

Il ne m'a pas appelée de la journée. J'aimerais un homme qui m'appelle pour rien, pour me demander : « tu vas bien ? » Un homme pour me dire : « je pense à toi, tu me manques. » Un homme intensément présent.

Peter est tout à la fois présent et absent. Il est indéchiffrable, toujours aimable, jamais une parole plus haute que l'autre, conciliant, en un mot charmant, mais je ne sais jamais ce qu'il pense. Il ne laisse rien transparaître. Pourtant, un jour, dans les Landes, j'ai senti une fêlure.

Depuis une semaine, nous ne nous sommes pas revus, aujourd'hui il pleut, et comme toujours quand il pleut, j'ai très envie de faire l'amour. Je suis tombée sur son répondeur. Il m'a rappelée, il doit partir quelque temps à New York et m'a demandé de l'attendre, il aimerait me connaître davantage. Je suis surprise et ne sais comment réagir. Peter n'avance rien sans avoir mûrement réfléchi.

Que penser ? Que veut-il ?

84

À son retour, Peter s'est rendu très disponible. Aurait-il réglé des affaires à New York ? Mis fin à une ancienne relation ? Est-ce là la source de cette fêlure ? Il ne m'a rien dit. Dois-je lui poser la question ou est-ce prématuré ? Je retrouve mon hésitation existentielle. Je voudrais être une de ces femmes qui sillonnent la vie avec un aplomb tranquille et s'épanouissent comme une pivoine charnue et flamboyante ; j'en suis loin…

Nous avons commencé à passer des journées entières chez lui, chez moi, alternativement. Nous parcourons les salles d'exposition, les galeries de peinture, flânons chez les bouquinistes le long de la Seine, hantons les salles de vente, fréquentons les troquets du Marais. Une pièce de théâtre, un concert, un ballet divertissent nos soirées. Nous menons une vie de Parisiens aisés et cultivés qui aiment musarder. Ce contact permanent avec l'art m'enrichit et me sert pour l'école. En parallèle, je signe de nouveaux contrats d'architecte d'intérieur.

Des mois passent. J'apprends à le connaître, à respecter ses silences. Souvent, je sens son regard posé sur moi plein de gentillesse et de bienveillance, visiblement heureux d'être là, à mes côtés. Il m'offre une amitié, pleine et solide, je n'ai pas l'habitude. Accepter d'être aimée, sans calcul, en confiance, nouvel apprentissage. Sa réserve me laisse penser que quelque chose dans sa vie n'est pas résolu. J'ai voulu aborder le sujet mais pour l'instant il esquive par un sourire de Joconde, une proposition de sortie ou une pirouette verbale, je n'insiste pas.

— Je repars mercredi pour New York. Tu m'y rejoindras ?

— Il faut que je voie avec l'école, que je trouve une remplaçante.

J'hésite. Tout cela est si soudain, je ne suis pas encore remise de ce qui s'est passé en cette fin d'été. De plus, mon école est si neuve, je commence à peine à développer des relations privilégiées avec les enfants, j'aurais du mal à les abandonner. Il faudrait aussi que je démissionne du musée. C'est une décision difficile à prendre. Et que veut dire « me rejoindre à New York ? » Pour vivre chez lui ? Que me demande-t-il exactement ? Il ne s'explique pas. Sommes-nous vraiment en harmonie ? Certes, il aime bien se promener dans la nature, mais il marche pour marcher, sans sentir la vibration des arbres, de l'herbe qu'il foule, de l'air changeant dans les feuilles, de la vie qui habite les buissons, de la petite coccinelle ou du renard qui glapit et se terre dans son terrier. La méditation, le recueillement face à un coucher de soleil, la terre, tout cela ne l'intéresse guère. Il considère mon école de dessin comme un charmant passe-temps. Il n'en mesure ni l'importance ni mon investissement. Quant à mes créations, il ne m'encourage ni ne me propose de rencontrer les professionnels qu'il connaît. Et pourtant ces différences ne sont pas des freins à notre relation qui bien au contraire ne cesse de s'approfondir. Je me sens si bien en sa présence, je suis juste moi-même, c'est reposant.

La vie a comblé un vide mais est-ce vraiment lui, l'homme que j'attends ? Le double avec qui je veux vivre ma liberté ? Le Nick de mon enfance, de mes fantasmes, de mon enfermement ?

Est-ce lui qui se cache sous ce nouveau visage ? Pourquoi la vie m'envoie-t-elle cet homme si tôt ? Pour me montrer une autre voie ? Je ne suis pas prête, je crains trop d'être à nouveau prisonnière, je veux me mettre debout seule, sans béquilles. Sans lui aurais-je été capable de me relever ? Camille, ma petite Camille, tu veux tout, la liberté et la sécurité, est-ce compatible ? Je décide que oui car c'est ce que je veux. Je vais devoir faire des choix par rapport à cette relation, prendre les devants, plus question de laisser les évènements décider à ma place. Ni je fuirai, ni je me laisserai engloutir, je ferai face, j'en suis capable et je respecterai mes appétences.

Ces réflexions me renvoient à ma relation filiale. Quand je pense à ma mère, la colère monte en moi. J'éprouve aujourd'hui le besoin de m'en purger. La vie a été clémente et m'a offert son dernier souffle alors que je la serrais dans mes bras, un soir de Noël. Je voudrais faire la paix avec elle, lui pardonner. C'est l'ultime deuil que je n'ai pas encore fait et que je dois faire pour me sentir pleinement libérée. Ce que j'ai connu en couple n'a été qu'un reflet de ma vie d'enfant soumise et d'adolescente conventionnelle. Ce n'est que peu de temps avant sa disparition que j'ai osé m'affirmer, faire part de mon incompréhension devant son parti pris pour l'homme, et donc pour mon mari, en contradiction avec les idées avant-gardistes de femme libérée qu'elle prônait. Ces idées étaient bien pour les autres, pas pour moi, sa fille, qui devait rentrer dans le rang, subir ce qu'elle-même avait subi. Il n'y a pas pire ennemi pour la femme que la femme elle-même. Je sens intuitivement que le moment est venu de la laisser partir avec mes frustrations et mes blessures du passé pour naître et grandir. Je le peux. M'alléger, expirer les restes qui s'accrochent. Le dernier bastion de la résistance.

Nous sommes de passage sur terre, j'aime l'idée d'être locataire de ma vie, c'est pour cela que l'ombre m'a si bien convenu dans le cabanon, quand j'ai été si près de disparaître, à force d'expires. Mais désormais, mes expirations seront contrôlées jusqu'à l'expiration ultime. Cette force toute neuve, je sais maintenant comment l'apprivoiser et l'utiliser pour renverser les obstacles. La réclusion m'a fait comprendre ce qu'était la liberté et partant l'attrait et l'importance du choix.

85

Voilà près de six mois que Peter est parti, nous nous appelons régulièrement, restons des heures au téléphone, par Skype. Je connais son environnement. Il ne me cache rien. Quand je suis à Paris, dès qu'il le peut, il s'échappe et me rejoint quelques jours, m'emporte sur sa moto dans les rues parisiennes. Sa compagnie m'est d'un grand réconfort. C'est comme un vieil ami de toujours, le par-dessus que l'on enfile dans lequel on se sent bien même s'il n'est pas tout à fait à votre taille, ni de la couleur que l'on souhaite. Il est là, sa présence vous rassure, on l'aime avec tendresse, pour ce qu'il est.

Je suis redescendue dans les Landes. Je n'ai pas voulu ouvrir la maison et me heurter à mes souvenirs. J'ai préféré louer un bungalow sur le sommet de la dune, face à la mer. Pendant quelques jours, je me suis remplie de toute cette eau, y ai noyé mon esprit. Je m'endors avec le grondement de l'océan. Le roulement des vagues meuble mon sommeil et me berce. Dans la journée, le cri des mouettes et le ressac scandent mes heures de contemplation et d'oisiveté. Je me nourris de la crête d'écume qui se renouvelle à chaque instant, se gonfle, se dresse et s'écrase avec fracas. Les petits coquillages roulés par la mer qui se retire crissent en griffant le sable, ce son m'emplit la tête. Gorgée de nature, étourdie par ce vacarme, je remonte puis devance l'horloge du temps. Dans cet intervalle, mon imaginaire vit et s'exprime en toute liberté. N'être que le flux de l'instant, le flux de mes désirs, me laisser être, vibrer de cette intemporalité.

J'écris…

Je suis au pied d'une falaise abrupte que je dois escalader, la montée est vertigineuse, le moindre faux pas, au mieux me fera reculer, au pire me fera chuter dans le vide. Je dois prendre le risque, sinon comme l'oisillon apeuré, je ne m'envolerai jamais et resterai enfermé dans mon nid.

Cesser de vomir ma naissance, apprivoiser ma vie, choisir de la vivre et de lui donner les couleurs que je souhaite.

86

Juliette est rentrée de Londres et nous sommes parties voir tante Clara à Pontoise dans sa maison de retraite, grande bâtisse toute blanche entourée d'un parc agrémenté de beaux arbres et d'allées fleuries. De l'un des sentiers, les pensionnaires courageux peuvent descendre jusque sur les bords de l'Oise et de là, atteindre le petit port. Tante Clara fait régulièrement cette promenade pour se maintenir en forme, s'arrête toujours au même bar pour prendre son petit verre de blanc, bavarder avec les habitués, des pêcheurs et des retraités résidents, redevenir une jeune courtisée sous les œillades du barman.

J'aspire à devenir tante Clara en vieillissant. Ses beaux yeux clairs cachent des secrets comme nous tous, des secrets qui sont peut-être inavouables, difficiles, tristes mais tatie a su les transcender en une énergie rayonnante qui me touche. Son deux pièces confortable se prolonge par une terrasse pour son chat grassouillet qui s'y prélasse à longueur de journée. Tout est blanc, net, propre et respire la sérénité. Elle nous accueille sur le seuil avec son bon sourire, dans une jolie robe assortie à ses yeux qui pétillent de contentement.

— Quelle joie de vous voir mes chéries !

Sous l'effet de son rire généreux, vibrant, tout son corps tressaute. Elle m'enlace la première dans la rondeur de ses bras.

Je respire son parfum subtil de lavande, hume son odeur comme un petit animal. Ma tante me connaît bien, elle a saisi l'angoisse qui se terre au fond de moi depuis toutes ces semaines.

— Tu as une petite mine.

— Oui.

Je n'ose en dire plus, les mots s'étranglent dans ma gorge. Comme toujours lorsque l'on me prête attention, surtout quand c'est une personne que j'aime, l'émotion me submerge.

— Allons vers la rivière, mes chéries, vous me raconterez en marchant.

Tante Clara s'obstine à appeler « rivière » l'Oise, qui pourtant à cet endroit, a la majesté d'un fleuve. Elle minimise, c'est sa façon à elle de dédramatiser le monde, de le ramener à sa taille. Elle a pris mon bras et questionne Juliette du regard. Ma sœur commence par la *free party*, explique à ma tante cette espèce de complicité factice à laquelle on se laisse aller, un jour d'humeur noire, pour ne pas sombrer, désir de se rattacher à un groupe, sans en mesurer les dangers. C'était la première fois. Elle poursuit par mon souvenir du dérapage, du réveil dans une cellule et d'une présence, tout cela sans que l'on connaisse le lien entre tous ces éléments. Elle fait un résumé écourté du rapport médical. Tante Clara soupçonne la réticence, incite Juliette à aller au bout de la confidence, tout savoir est la seule façon de m'aider :

— Tu as lu ce rapport médical ? Est-ce que… ?

Ma tante laisse sa phrase en suspens et regarde Juliette. Devant l'acquiescement silencieux de ma sœur, il n'y a plus d'échappatoire. Ce que je ressentais inconsciemment a bien eu lieu. Un viol avec ou sans violence est toujours une part de soi que l'on vous prend, qui vous avilit, vous vous sentez coupable comme si vous le méritiez.

— Chérie, tu n'es coupable de rien, c'est un mauvais hasard. Appelle-moi quand tu te sens chagrine, je serai toujours là pour toi, évite les parties douteuses dont tu ne connais pas les règles. Quand tu te revois à cette dernière soirée, arrives-tu à distinguer un visage ?

— Non, je ne vois que des formes mouvantes et floues.

Tatie reste un moment silencieuse, puis se met à parler de moi enfant, si fragile, si imprévisible, évoque nos jeux d'enfance… Sa voix nous berce. Mon corps se détend. Nous cheminons ainsi toutes les trois dans une même intimité. Nous avons parlé du travail de Juliette, des fournisseurs trouvés en Inde, de la difficulté à découvrir de l'insolite pour répondre à la mode de la rue. Ma tante s'est passionnée pour l'ouverture de mon école de dessin et les réactions des enfants. Nous avons évoqué la maladie d'Alzheimer de sa voisine à la maison de retraite, de ses rhumatismes et enfin de son chat si particulier, roux, aux yeux verts qu'elle a récupéré efflanqué et famélique, atterri d'on ne sait où sur sa terrasse, devenu aujourd'hui une boule ronronnante, ami des oiseaux.

Nous avons échoué au bar privilégié de tante Clara « Le Grand Large ». À une table en bordure de l'Oise, sur une nappe à carreaux rouges et blancs, nous avons dégusté une friture pêchée du matin, accompagnée d'un petit rosé bien frais et savouré la spécialité du patron « des profiteroles au chocolat nappées d'un calva généreux ». C'est mon dessert préféré. Il évoque tous ces anniversaires fêtés dans les Landes, l'été, au mois d'août, le calva en moins.

En rentrant, lovées sur le canapé, dans un nid douillet, apaisant, le cocon d'avant ma naissance, je révèle à Tante Clara l'existence de Peter et lui fais part de mes atermoiements. Tante

Clara ne répond pas, mais me prête une oreille attentive et bienveillante. J'y dépose mes interrogations.

Je m'endors en pensant à Timothée, mon grand frère, qui me manque tant. Quels conseils avisés me donnerais-tu ? Quand reviens-tu ? J'aimerais que tu rencontres Peter.

87

Je me suis réveillée avec le chant des oiseaux sur la terrasse. Cela n'arrête pas de me surprendre. Minou est un chat patelin, mais vraiment patelin, pas comme Raminagrobis, c'est tout juste si les oiseaux ne se perchent pas sur lui pendant qu'il dort. Ils boivent dans son bol d'eau. Leurs pattes s'accrochent sur le rebord, piquent du bec d'un coup sec, puis redressent leurs petites têtes et secouent leur gosier avec énergie pour se gaver des gouttelettes ingurgitées. Devant leur manège nous échangeons un regard complice ma sœur et moi. Ils nous font penser aux oiseaux sucriers à la Guadeloupe qui, au petit matin, plongeaient leurs têtes dans le sucre dont nous avions généreusement rempli la coupelle suspendue. Nous adorions en buvant notre thé les observer se précipiter à tour de rôle comme des affamés. Tatie nous rejoint, un paquet à la main :

— Tenez mes petites filles, Je les ai faites hier soir pendant que vous dormiez, ce sont vos madeleines préférées à la fleur d'oranger. Camille, je pense qu'il faut que tu sois patiente et à l'écoute de ton cœur. La vie se chargera du reste.

Tante Clara nous a toujours gâtées d'une friandise, d'une poupée, d'une peluche de couleur tendre pour nous consoler d'avoir été grondées, d'avoir eu une mauvaise note à l'école ou pour rien, juste pour la joie de voir les visages de ses petites nièces s'éclairer d'un grand sourire en banane. Nous nous penchons à tour de rôle sur ce corps qui nous émeut, c'est difficile de la quitter. Je jette un dernier regard sur la terrasse fleurie, sur Minou déjà rendormi sur le carrelage frais, et repars avec cette image paisible d'un beau jour de septembre ensoleillé.

88

Juliette est repartie. Je continue d'écrire. L'école tourne bien. Je me réfugie souvent dans l'atelier et peins pendant des heures, absorbée par l'instant présent, seules mes mains s'activent, mon esprit est au repos, le débat intérieur reflue. Peu à peu, ajouté à la marche rapide, aux moments de méditation que je m'octroie, à l'enseignement, et aux moments de rire et de griserie avec Garance, je découvre un équilibre, une sérénité que je n'avais jamais connus. Tante Clara a raison. L'enfermement et la solitude ont brassé, nettoyé, essoré mon passé. Je suis devenue une novice expérimentée de la vie. C'est une position enviable. Qui n'aimerait pas avoir vingt ans avec la sagesse et l'expérience d'une personne ayant déjà vécu ?

Si je fais alliance avec la vie, je fais confiance à Peter, c'est un ami sûr, attentionné et nos échanges me sont précieux. Il est la vie, c'est indéniable. Quand j'évoque son visage, sa voix, sa présence, mon corps danse à l'intérieur et se dilate.

Je veux le rejoindre, non pour vivre avec lui à New York mais pour lui exprimer mon besoin de liberté et d'autonomie. Etre libre comme les papillons de Timothée, tisser mon propre cocon pour me sentir en sécurité, développer mon école, et en créer d'autres ici ou ailleurs auxquels il prendra peut-être part. J'aimerais que de son côté, il me parle de son métier, de ses attentes, de ses ambitions, il est si secret dans ce domaine. Je veux tout savoir de lui.

Accepter d'être aimée de façon différente et apprendre à l'être. Savoir prendre pour mieux rendre et trouver ma juste place. Connaître l'amour ultime, celui de l'amitié, et rayonner de vie.

Ma décision prise, sereine, je décide de faire une pause et je souris, un sourire qui croque la vie. Toute guillerette, j'enfile mon blouson de demi-saison, mets mes baskets. Je vais profiter du bon soleil printanier et téléphoner à Juliette pour lui apprendre la bonne nouvelle. Avec le décalage horaire, ce sera l'heure du déjeuner pour elle, c'est le bon moment. Plongée dans mes pensées, à la hâte j'attrape les clefs, claque la porte. Je veux jouir de l'instant, n'être plus qu'un enfant confiant qui ouvre les bras à l'aventure. Sur le pont de Le Havre, je suis saisie par l'air frais et vif. Je souris aux rayons du soleil qui se reflètent sur les flots de la Seine. J'entre dans le bois de Boulogne et, heureuse, farfouille dans ma poche à la recherche de mon portable pour téléphoner à Garance et partager avec elle cet instant de pur bonheur. Il sonne au même moment. C'est la voix de Peter, une voix oppressée, angoissée, inquiète : « Bonjour, écoute… te dire… ne me rejoins pas tout de suite… je dois régler certains problèmes ici. Peux-tu m'accorder un peu de temps ?

Un grand moment de silence.

Je t'embrasse ».

Je suis une somnambule qui poursuit son chemin. Je remets le portable dans ma poche, continue de suivre la Seine jusqu'au pont de Suresnes, puis de la Cascade, marche jusqu'aux étangs de la Muette. Cette marche empêche mon esprit de se fixer sur la moindre pensée. À l'intérieur, je tangue, et tel un bateau dans la tourmente, j'essaye de garder le cap. Un étau me serre la poitrine, je m'efforce de respirer lentement, profondément, pour le dissiper. Je porte mon smartphone à l'oreille et écoute une nouvelle fois le message, pousse un grand soupir. Rien de dramatique, voyons, il en est juste au même point que moi… C'est un homme mûr, qui a vécu. Il est honnête et direct. Il ne peut qu'être sincère. Je vais lui écrire.

89
Deux jours plus tard

Depuis la fin de ma séquestration, Garance me téléphone régulièrement. Nous avons prévu de déjeuner ensemble.

Ces deux derniers jours, j'ai sombré dans un profond sommeil telle une ourse à l'approche de l'hiver. La sonnerie du téléphone en fin de matinée, m'arrache à ma léthargie, j'émerge avec difficulté, ne peux me résoudre à répondre, c'est un tel effort. Une heure plus tard, l'interphone strident me fait sursauter. Je reste couchée. Si c'est une personne de ma connaissance, elle profitera de l'arrivée d'un voisin pour entrer dans l'immeuble. J'entends le vieil escalier en bois craquer, quelqu'un grimpe avec vivacité. Arrivée sur le palier le pas piétine, hésite, un papier glissé sous la porte. Un instant de silence. Le pas décroît. À pas feutrés, pieds nus, je m'approche, ramasse le message : « Tu as oublié ? Ça ne te ressemble pas. On avait rendez-vous aujourd'hui. Où es-tu ? » Je fais un effort pour comprendre, la mémoire me revient, les marches de l'escalier craquent à nouveau, Garance s'est ravisée. Je reste figée, le papier à la main, entends à travers la porte sa respiration oppressée, et avant que j'ai eu le temps de faire un geste, la poignée tourne lentement. J'apparais dans son champ de vision, échevelée, en pyjama, le teint brouillé, je murmure de vagues excuses et m'éloigne vers ma chambre. La pièce est dans un terrible désordre. J'entends Garance s'affairer, ramasser les papiers épars, les livres et les coussins, découvrir sans doute mon journal. Elle est devant moi, les feuillets à la main. Lovée dans mon lit, je murmure d'une voix pâteuse :

— J'avais tellement besoin de dormir.

— Ah, c'est donc ça !

Elle rit de soulagement :

— S'il te plaît, ne recommence jamais, tu m'as fait si peur, j'ai cru que le kidnappeur était revenu !

Elle poursuit, agitant mes feuillets :

— Il n'y aurait pas un peu de Peter là-dessous ?

Elle cherche mon regard, prend un air taquin :

« Tu n'étais peut-être pas prête ou lui n'était pas prêt. Ce lien particulier que vous avez tissé est très fort, il est inaltérable, il ne peut disparaître, laisse le temps au temps comme », dit Tatie. Elle poursuit, en agitant mes feuillets : « Tu continues de tenir ton journal ? Pourquoi ne pas y travailler ? Les quelques extraits que tu m'as fait lire dans les Landes étaient prometteurs, ce qui t'est arrivé est digne d'un récit. J'ai encore des contacts dans le monde de l'édition, cela vaut le coup de tenter de le publier, qu'en penses-tu ? »

J'écoute, attentive, et voyant qu'elle a éveillé mon intérêt, mon amie enchaîne :

« Et si on sortait ? Assez dormi, tu me raconteras tout en cours de route. Fais-toi belle. Je nous retiens une table quelque part et tiens justement, je voulais voir cette exposition sur Madagascar au musée du Quai Branly. Ça te dit ? Allons-y après ! Qu'en dis-tu ? »

Son discours énergique, son optimisme et sa gaieté ont raison de ma prostration. Garance a mille fois raison, rentrons dans la vie.

90

Dès le lendemain, je retrouve toute mon énergie, cette exposition sur mon pays natal m'a rattachée à mes racines. Là-bas, je pourrais aussi être très utile, pourquoi ne pas me mettre en rapport avec l'association dirigée par le père Joseph, je pourrai prendre en charge l'organisation de la scolarisation dans certains endroits reculés de la brousse là où les enfants n'ont pas de moyens de locomotion, créer une sorte d'école itinérante. Je me remets vaillamment à l'écriture, décide de téléphoner plus régulièrement à tante Clara et établis un calendrier hebdomadaire avec la psy de l'hôpital. Peu à peu, tout ce que j'ai vécu dans mon enfermement prend un sens, l'abandon, les pertes successives, ma sensualité, mon émotivité.

J'écris :

« J'émerge d'un abîme liquide, j'ai perdu le sens de l'orientation, je ne sais plus où je suis dans le temps et dans l'espace, mais les sensations sont vivaces et percent le brouillard dans lequel je suis immergée, une sorte de coma entre le sommeil et l'éveil où la douleur me connecte à la réalité de façon de plus en plus fugace, car je perds aussi peu à peu le goût de la souffrance physique.

Les mocassins sont revenus. Ils m'ont regardée d'un air goguenard pour mieux se moquer, j'ai marché plus vite, ils m'ont emboîté le pas. Plus j'accélère plus ils se hâtent, poursuivant infatigablement le même rythme… ils vont m'atteindre… Je me mets à courir… ils me fauchent au niveau des chevilles,

je tombe. À la hauteur de mes yeux, deux phares qui me regardent, ils attendent que je me redresse mais je reste à terre ».

Flop, flop, dégoûté, les mocassins s'éloignent…

Le portable sonne « Allo ? Allo ? »

91

Quelques mois plus tard, Garance arrive à l'improviste chez moi. Elle arbore un grand sourire, me met sous le nez un entrefilet de *Sud-Ouest*.

Je commence à lire à haute voix :

Sud-Ouest - 2 avril

Étrange découverte d'un chasseur.

« Hier dans le bois de Tressy un chasseur à la poursuite d'un chevreuil est tombé sur un cabanon en bois, qui, jusque-là abandonné, a été maçonné à l'intérieur et aménagé. Il aurait été habité récemment, les recherches d'ADN et d'empreintes, dans le cadre de l'enquête en cours, se poursuivent. Il semblerait que… »

Ces quelques lignes sont un véritable déclencheur. La réalité prend soudain forme. Je repose l'article sur mes genoux, traversée par un flash. Tout me revient d'un coup.

— C'est incroyable ! Je revois nettement maintenant les visages de la *free party*. J'avais suivi Natalia, rencontrée dans un bar, pour ne pas affronter une nouvelle soirée de solitude. Je vois une enseigne lumineuse, c'est curieux, un cygne rouge, qui clignote. Puis le fond d'une boutique et derrière les tentures épaisses, une pièce voûtée, beaucoup de fumée, une musique forte, des divans, des coussins, des personnes de tout âge, avachies, les yeux dans le vague. J'ai voulu fuir mais Natalia m'a serré le bras, m'a forcé à boire. Un homme est apparu, plutôt grand, l'air avenant mais avec des yeux dérangeants, qui vous percent. Il a salué ma compagne d'un « monte, on sera mieux là-haut. » À l'étage, il m'a refait boire. Il y avait d'autres couples. Un trait de poudre blanche, moi, assise au milieu d'eux, et leurs yeux vacillants fixés sur moi. J'entends la voix dure de l'homme « Vas-y ! ». Avec tout ce que j'avais bu, je ne pouvais opposer la moindre résistance, j'ai obéi à son injonction et j'ai basculé. J'ai émergé dans la voiture. Je vois son visage penché, il avait mis le CD de Carmen très fort, ça me donnait mal à la tête, les pins n'arrêtaient pas d'avancer et de reculer dans la lueur des phares, je trouvais cela très drôle… Mon Dieu qu'ai-je fait ?

— Camille ! Tu ne vas pas culpabiliser ! C'est inespéré que tu aies pu faire le lien entre la *free party* et ton arrivée dans les Landes. Cet homme a profité des circonstances pour t'enlever, te séquestrer et abuser de toi. Il n'y a guère de doute sur sa culpabilité. Maintenant que tes souvenirs se précisent, il faut aller au commissariat et leur donner un maximum d'éléments pour qu'ils puissent coincer ce type. Tu pourrais dresser un portrait-robot. Aussi bien il est fiché et Natalia est sa rabatteuse. Ce doit être un habitué des lieux.

La déposition a été plus rapide que je ne le pensais. C'est comme si je m'étais dépossédée d'un poids qui me lestait, le poids de ma culpabilité. Je peux désormais lui tordre le cou. Je ne suis responsable de rien. Certes, j'ai fait preuve de naïveté en suivant Natalia, mais je me suis surtout trouvée au mauvais endroit, au mauvais moment. La fatalité. Un psy dirait que je l'ai attiré et inconsciemment voulu. Je n'y crois pas. En attendant, cet homme a déjà été arrêté pour viol et soupçonné de meurtre mais, faute de preuves, a été relâché. Ils possèdent son ADN, son arrestation n'est qu'une question de temps et cette fois-ci il restera sous les verrous pendant un moment. Quand je pense à toutes les hypothèses que j'ai bâties, persuadée que le coupable m'était connu, jusqu'à remonter à mes jeunes années ! Me voilà libérée de mes angoisses. En sortant du commissariat, je me suis sentie grandie, plus droite, enracinée sur le sol que je foule de mes deux pieds. Je n'ai plus besoin de béquilles, cette histoire est derrière moi. Je me suis endormie comme une masse, d'un sommeil sans rêve et sans souvenir dont j'ai émergé en m'étirant de bien-être. Comme tout cela a tenu à peu.

Je me consacre à mon école, mes idées se bousculent pour le nouveau projet à Madagascar. Une cliente me demande d'aménager une de ses maisons en Floride ! Un clin d'œil de la vie ? Peter n'a pas répondu à ma lettre, mais, en fait, à bien y réfléchir, elle n'appelait pas vraiment de réponse. Je me surprends à partager avec lui certaines activités, à lui parler dans ma tête, à lui demander conseil, j'ai atteint ce point d'harmonie que j'appelais de tous mes vœux. Ma vie a cessé d'être bancale, je ne serai plus jamais seule.

Les jours passent vite. Si vite. Un enquêteur de la police judiciaire m'appelle. Des collègues affectés à la surveillance autoroutière ont arrêté l'homme qui m'a enfermé. Il dormait dans son coupé sur l'aire de Saint Léger de l'A10, contrôle de routine. Une comparaison d'ADN et c'en était fait. C'était moi la recluse, maintenant c'est lui. Je le plains. Il doit se sentir bien seul. La page est définitivement tournée. Je n'irai pas le voir. À quoi cela servirait-il ?

Cheveux au vent, je poursuis ma course dans mon side-car. J'en suis à la fois la passagère et la conductrice. Je passe d'un état à l'autre, à ma convenance, c'est délectable !

92

Une routine s'est désormais installée. Le matin, je vais à l'école. L'après-midi, je travaille sur les plans de mes clients puis me penche sur les dessins de mes petits élèves. En fin de journée, je ne me lasse pas des couleurs changeantes du ciel quand le soleil se couche et que la lumière incendie les tours en verre de la Défense.

Aujourd'hui, dimanche j'ai revêtu ma blouse de peintre et face à mon chevalet, mordille mon pinceau en veine d'inspiration quand soudain l'interphone retentit. Cette voix ! Ce timbre ! Je reste interdite. Coup de sonnette. J'inspire. J'ouvre. Il est là. Plus beau que dans mon souvenir. Un air embarrassé. Un sourire qui n'ose s'ouvrir. Ses yeux attentifs se posent sur moi. Me fixent sans me lâcher.

Il entre, s'immobilise, ne semble plus sûr de lui, n'est plus sûr de rien et lâche très vite : « C'est oui pour tout ce que tu as écrit. Je suis libre de toute obligation. Je tiens à nos échanges, je ne veux pas te perdre. Je serai toujours là pour toi, quoique tu décides. Même si je suis un vieux garçon pétri d'habitudes, je ne demande qu'à apprendre et je t'initierai au secret des étoiles et à la genèse de la vie. Oublions New York, oublions l'Europe, allons dans un lieu nouveau, nous y bâtirons chacun notre avenir. »

La vie est un balancier, tout s'obscurcit, tout s'éclaire. Reconstruire une tribu. Contempler le vol des pélicans blancs au-dessus de la mare. Surprendre les yeux ronds fardés des makis catta, têtes penchées, air taquin et moqueur, leur tendre les bras pour qu'ils m'épouillent de l'éperon corné de leur deuxième doigt et miaulent de contentement. Me fondre dans l'allée des hauts baobabs rougissants au soleil couchant, c'est l'Afrique, l'obscurité solaire qui filtre dans le dense feuillage.

Mon avenir est auprès des canards sauvages qui paressent au fil de l'eau, du buffle qui racle le sol, de l'éléphant qui m'enroule et m'emporte, des babouins qui bondissent et aboient, du crocodile qui bâille de sa grande gueule dans le marigot, des corneilles qui braillent autour de la fontaine de la maison ocre de mon enfance, aux volets bleu vif.

Mon cœur ralentit, c'est un murmure, celui du ruisseau chantant sur la pierre chaude, Je me blottis contre la veste grande de l'homme qui est revenu. J'exhale mon dernier souffle dans les bras de l'être aimant et aimé, le passeur de ma vie, le passeur de l'autre monde.

Sous la chaleur, la savane ondule.

Remerciements

Je remercie mes amis, Brigitte, Christiane, Sabine et Philippe pour leur lecture attentive et… aiguisée…

Imprimé en Allemagne
Achevé d'imprimer en septembre 2021
Dépôt légal : septembre 2021

Pour

Le Lys Bleu Éditions
40, rue du Louvre
75001 Paris